Peter Albra Brenner

HEXENWEIBER

Freiwild – der Anfang der Wehen

Im Althellenischen steht das Wort „Nymphe"
für Frau und Rose. Ein jeder weiß, dass Rosen mitunter
gewaltige Stacheln haben ...

Alle Namen in diesem Buch sind frei erfunden.
Ähnlichkeiten mit Namen lebender oder verstorbener Personen sind dem Zufall geschuldet.

Alle Rechte vorbehalten.
© 2019 (Rev. Fassung) Peter Albra Brenner
Hexenweiber
Satz und Cover: walbeck-design.de
Herstellung und Verlag: BoD – Books on Demand, Norderstedt
ISBN 9783741253454

Inhaltsverzeichnis

Kapitel 1	Der Müller	Seite	5
Kapitel 2	Eduard Banzhaff macht sich Sorgen	Seite	11
Kapitel 3	Freakshow	Seite	17
Kapitel 4	Die Badeanstalt	Seite	23
Kapitel 5	Der Zaun	Seite	27
Kapitel 6	Manfred Kusch ereifert sich	Seite	37
Kapitel 7	Steilhänge (ein Intermezzo)	Seite	43
Kapitel 8	Ein weiterer Bruder verschwindet	Seite	48
Kapitel 9	Die Welt gerät langsam aus den Fugen	Seite	54
Kapitel 10	Das Maß ist überschritten	Seite	66
Kapitel 11	Segen der Vernetzung	Seite	71
Kapitel 12	Der Anfang der Wehen	Seite	76
Kapitel 13	Die Flut	Seite	94
	Und so geht es weiter	Seite	101
	Anmerkungen des Autors	Seite	104

DER MÜLLER

„Ich sag's Euch, sie sind wieder auf dem Vormarsch und da gibt es kein Vertun!"
Alle starrten den Alfred Rossenegger an, als hätte der den größten Blödsinn von sich gegeben. Wieder einmal. Eigentlich kannten sie das von ihm, keiner am Stammtisch verbreitete mehr Unsinn als er. Zumindest dachten das die anderen Stammtischbrüder. Und doch wunderten sie sich über die Mühelosigkeit, mit der er sich selbst im Dahersagen von Unsinnigkeiten überbot. Gerade waren sie noch davon ausgegangen, dass es nicht mehr möglich sei, da überzeugte er sie vom Gegenteil. Eduard Banzhaff, der nicht nur direkt neben Rossenegger wohnte, sondern auch sein engster Freund war, malte sich in Gedanken aus, wie die Dummheiten seines Nachbarn Löcher in die Erde bohrten, die endlos tief sogar bis nach China reichten. Ihm blieb es wie immer vorbehalten, die obligatorische Nachfrage zu stellen, weil sich der Rossenegger meistens mit seiner Aussage begnügte, anstatt sie zu erläutern. Banzhaff hatte auch schon einen Verdacht bezüglich der Quelle, die seinen Freund zu der Tätlichkeit, die seine Aussage zweifelsohne war, ermutigt hatte.
„Von wem hast du das? Vom Müller vielleicht?"
„Ja, der hat sie gesehen. Geschrieen haben sie wie am Spieß! Kinderwagen sind umgefallen, Mütter schreiend davon gerannt, damit ihren Kleinen nichts geschieht. Diese Weiber sind die Pest, sage ich Euch! Schmieren sich irgendwas auf ihre nackten Leiber, schwenken ihren Busen ..."
Rossenegger wusste noch mehr von dem zu berichten, was der Müller ihm gesagt hatte. Doch die anderen hörten schon gar nicht mehr richtig zu. Der Name „Müller" bewirkte, dass sie die Schotten dicht machten. Denn der Müller wusste noch mehr Unsinn als der Rossenegger, oder, anders gesagt, der ganze Müll, den Letzterer verbreitete, kam vom feinen Herrn Müller.
„Wenn das Synonym für Abfall schon in einem Namen steckt, kannst du doch nichts erwarten!" Karl Braungart lachte auch nach dem tausendsten Mal über seine kreative Assoziation, genauso wie sein Busenfreund Siegfried „Diego" Ruopp.
„Die Weiber", intervenierte Bernhard „Bernie" Kugel, weil er das Gelaber des Rosseneggers am wenigsten aushielt von allen, „die da mitmachen, sind doch alle potthässlich! Frisuren wie schimmelige Kakteen, fette Bäuche, Gesichter, dass du schreiend davon rennst! Die kannst du nicht ernst nehmen, die sind doch nur auf Rache aus, weil die kein Mann freiwillig zweimal anschaut!"
Das war alles, was sie dazu sagten. Danach widmeten sie sich einem anderen Thema, das sich

an Belanglosigkeit nicht überbieten ließ.
Rossenegger sagte nichts mehr. Das Gespräch war ihm aus den Händen genommen worden, wie üblich. Die Fäuste in Gedanken gen Himmel gereckt in einer Art wütendem Hilfeschrei, fragte er sich, warum er nicht einmal die Zügel in den Händen behielt, wo er doch das Thema auf den Tisch gebracht hatte.

Vorher, ja vorher war es wieder einmal um das Übliche gegangen. Fußball, unfähige Politiker, Luder, die die Gegend unsicher machten und um allgemeinen, das Dorf selbst betreffenden Tratsch, mit dem absoluten Kracher, der da hieß „Diedrich Wolleweins merkwürdige Art der Urlaubsgestaltung". Sie hatten sich herzhaft darüber amüsiert, dann waren sie aber da gesessen, seine feinen Kameraden, ohne Gesprächsstoff, und er musste sie vor dem allerletzten Mittel zur Vermeidung einer öden Stille bewahren. Er allein! Von den anderen wäre niemand auf die Idee gekommen, den wiederaufflammenden Feminismus aufs Tablett zu bringen. Aber er! Denn er war der Mutige, der sich nicht scheute, auch unbequeme Themen anzuschneiden.
Gedankt hatte ihm das nie jemand; er ertrug diesen Zustand wie üblich heldenhaft, wenn auch nur für die nächsten zwanzig Minuten. Dann nahm er seinen Abschied vom Stammtisch. Es war immer das selbe Ritual. Banzhaff und die anderen taten so, als sei er nicht der Außenseiter in ihrer Runde und als sei er viel zu früh dran. In Wahrheit aber würden sie sich nun die Mäuler über ihn zerreißen und Anekdoten von sich geben, die immer nur mit einer sehr geringen Dosis Wahrheit versehen waren. Rossenegger wusste Bescheid, denn Rosie, die Bedienung, ließ ihn nicht im Dunkeln darüber. „Irgendwann", dachte er, „werde ich es euch heimzahlen. Wartet nur ab, ihr kleingeistigen Schwätzer!"

Als er das Wirthaus verließ, fiel sein Blick auf die hübsche junge Frau, die am Tisch direkt bei der Türe saß. Ihr Lächeln, mit dem sie ihn bedachte, verfolgte ihn noch weit in die Dunkelheit hinaus. In seiner Phantasie sprach sie zu ihm, lud ihn zu einem Schäferstündchen ein, machte ihn heiß und hielt ihr Versprechen, ihn zur Ekstase bringen zu wollen.
Wer war sie? Eine Fremde, so viel stand fest. Eine Fremde, die es aus irgendeinem Grund an seinen Heimatort verschlagen hatte, der mit dem Attribut „Attraktiv" überhaupt nichts zu tun hatte. Das war schon ungewöhnlich genug. Aber dass sie sich auch noch ins Gasthaus „Zum brüllenden Stier" verirrt hatte, schlug dem Fass den Boden aus. „Na, da wirst du nicht lange ausharren, junges Fräulein!", sagte er laut vor sich hin. „Mit all den Spinnern und Schwätzern wirst du deine wahre Freude haben!"
Rossenegger hatte keine Angst, diese Dinge laut auszusprechen. Auf dem Waldweg hörte ihn garantiert niemand, außer dem Wild, und dem war es herzlich egal, was er für Weisheiten von sich gab. Sobald er das Wirtshaus weit hinter sich gelassen hatte, sprach er immer laut mit

sich selbst. Es war ein Ritual, das zu seinem Stammtischbesuch dazu gehörte, wie das Sitzen mit seinen Kameraden. Alles war wie immer.

Es dauerte, bis Rossenegger verstand, dass in dieser Nacht etwas außer der Reihe war. Es gab einen Zuhörer. Der Teufel allein wusste, wie lange der ihm schon gefolgt war, ehe ihn das Geräusch seiner Fußtritte dahingegeben hatte. Rossenegger hatte sich nie in der Dunkelheit gefürchtet. Natürlich hörte man ständig etwas aus dem nächtlichen Wald. Knackende Äste, die Stimmen der nachtaktiven Tiere, Rascheln im Laub. Und immer drang das klagende „I-Ah" der Eselin der alten Witwe Scheibenreich durch die verdunkelte Welt. In der Nacht hörte man alles so unendlich viel besser als am Tage, denn wenn die meisten lärmenden Maschinen ruhten, wurde es so still, dass auch sehr leise Geräusche hörbar wurden. Manchmal konnte man schon auf den Gedanken kommen, dass man umzingelt sei von Wesen, die an die Nacht angepasst und dadurch klar im Vorteil waren. Rossenegger verstand aber Bands wie Iron Maiden oder Within Temptation nicht, die von ihrer „Fear of the Dark" sangen. Als könne man des Nachts aus Angst die eigenen vier Wände nicht verlassen, oder müsse zumindest für Begleitung sorgen, weil immer irgendetwas in der Dunkelheit lauere. Pfff, schön blöd, wer so dachte! Man verpasste nicht nur die besondere Stimmung, die der Wald in den Nachtstunden verbreitete, sondern auch das Schauspiel des Himmels, das sich nur dann bot, wenn die Sonne ihr Licht auf der anderen Seite der Erdkugel spendete und so den Blick auf die Unendlichkeit des Universums frei gab.

Manchmal, wenn er besonders schlecht auf seine Stammtischbrüder zu sprechen war, sah er sie im Geiste in einem schlampig zusammengeschusterten Raumschiff auf einen besonders öden Planeten zurasen, auf dem sie dann ihr jämmerliches Dasein bis ans Ende ihrer Tage verbrachten.

Trotz alledem schlug sein Herz etwas schneller. Nur kurz, wenige Sekunden lang, aber dennoch.

„Bist du das, Eduard? Wie kommt´s, dass du heute schon so zeitig Schluss machst?"

Die Stille, die seine Anrede begrüßte, brachte ihn zu dem Schluss, dass er sich getäuscht hatte. Also ging er mit der Frage weiter, warum die Schritte so real gewirkt hatten. „Hast wohl ein, zwei Biere zuviel getrunken, alter Halunke!" Es war der Schlussstrich unter der Episode und er ging frohen Herzens weiter, denn nun stand alles wieder auf normal.

Aber dann sprach sie auf einmal und sein Herz ließ einen Takt aus. Und dieser eine Takt schien ewig anzudauern. Alles lag darin. Dickinsons Stimme, die laut die „Fear of the Dark" sang, nur, dass Rossenegger ihn dieses eine Mal verstand, das Kindheitstrauma, das er längst abgeschüttelt glaubte, das darin bestand, dass er als kleiner Junge Zeuge einer abartig hässlichen Version des Märchens Rotkäppchen geworden war, und schließlich die Episode mit dem wilden Hund, der ihn als Jugendlichen durch den nächtlichen Wald gejagt hatte und dem er nur knapp entkommen war.

„Da bin ich ja richtig froh, mich nicht getäuscht zu haben!", sagte sie. „Ich meine, klar, ich hab's dir zwar gleich angesehen und ich habe eine wirklich gute Menschenkenntnis, aber ein kleines Restrisiko bleibt immer, nicht wahr?"

Dem Rossenegger wurde es ganz schwummrig im Kopf, als hätte er wirklich zu viel Alkohol zu sich genommen. Tatsächlich aber lag es daran, dass er sich plötzlich mit der Möglichkeit konfrontiert sah, dass eine seiner Phantasien Wirklichkeit werden könnte. Denn die der Stimme zugehörige Frau war die, die ihm beim Verlassen des Gasthauses zugelächelt hatte. „Du bist ein alter Narr!", schalt er sich, weil so ein hübsches Ding nie im Leben etwas mit ihm anfangen würde. Nicht, wenn es nach den normalen Regeln der Welt ging!

„Die können ganz schön gemein sein, deine Kumpels!", erklärte sie, scheinbar völlig ungestört von seiner ausbleibenden Antwort.

Rossenegger wollte etwas sagen, doch sowohl der Denk- als auch der Sprechapparat schienen temporär in Streik getreten zu sein.

„Warum gibst du dich mit denen ab? Ich meine, hey, endlich bringt mal einer ein spannendes Thema auf den Tisch- zack!- wischen sie es weg, als sei es nur Fliegendreck! Das hast du doch nicht verdient! Du nicht und dieser Müller auch nicht."

„F-finde ich a-auch". Rossenegger ärgerte sich einen Wolf, weil er dastand wie ein Depp. Sie musste ihn zwangsläufig dafür halten, weil er sich wie einer verhielt.

„Wenn dem so ist, solltest du dich nicht länger mit ihnen abgeben. Meiner Meinung nach jedenfalls."

Diese Aussage provozierte zwei Antworten zugleich. „Das habe ich auch schon gedacht. Immer mal wieder jedenfalls!" Und „Ich kenn' die alle seit dem Sandkasten. Sie mögen sich nicht immer fair verhalten, aber es sind eben langjährige Kumpel."

Beide brachte er nicht auf den Tisch. Denn noch während sie sich ihren Weg durch sein Gehirn bahnten, nahm sie ihn bei der Hand und zog ihn mit sich. Rossenegger ließ es geschehen, denn er war nichts als ein willenloses Spielzeug. „Du kennst sie überhaupt nicht!", dachte er. Es war der einzige, kaum nennenswerte Widerstand gegen seine „Entführung". Ganz wohl war ihm nicht, als sie ihn fort führte vom Waldweg und er das Rascheln des Laubes und das Knacken von Ästen unter seinen Füßen vernahm.

„Hüte dich vor manchem Weibsvolk!", hörte er im Geiste die mahnende Stimme seiner Großmutter. „Nimm dich vor allem vor denen in Acht, die dir schöne Augen machen, hörst du! Die wollen nichts anderes als deine Gutmütigkeit ausnutzen. Denk' nur immer daran, dass du ein rechter Einfaltspinsel bist! Lieber bleibst dein Lebtag ledig, als dass du solchem Weibsvolk hinterher rennst! Dann lebst du lange und das auch noch glücklich!"

Die Oma! Gott hab sie selig! Sie wusste so manchen Rat und meistens war er nicht schlecht ge-

fahren, wenn er darauf gehört hatte. Der eine oder andere Rat war allerdings schon ziemlich altbacken, die Welt hielt schließlich nicht inne, die Zeit erst recht nicht und so hatte manches von dem, was sie ihm mit auf den Weg gegeben hatte, seine Berechtigung in den alten Zeiten, nicht aber in der modernen Welt.
Das gedacht, ließ er sich einfach mitschleifen, vollkommen glücklich für den Moment und so zufrieden, wie ein Mann nur sein konnte. Der einzige Wermutstropfen war der, dass ihn die anderen jetzt nicht sahen. Die würden Augen machen und für die nächsten Wochen das Lästern vollkommen vergessen. Womöglich würden sie sogar ihre eigenen Ärsche auffressen vor lauter Neid. In Gedanken sah er ihnen dabei zu und reichte dem einen oder anderen das Gefäß mit Salz, damit die eigenen vier Buchstaben nicht so öde schmeckten.
Und Rossenegger kicherte wie ein kleines Schulmädchen, das mit etwas Anzüglichem in Berührung gekommen war.
Ja, er war guter Dinge und aller Wahrscheinlichkeit nach zu einem wahren Höhepunkt unterwegs. Von denen gab's erbärmlich wenige in seinem Leben. Um so mehr genoss er die Aussicht auf eine Anekdote, die die Anderen bei ihrem Leben nicht toppen konnten. Die Anderen, die jetzt noch da saßen und die Bäuche mit Bier füllten, bis auch der letzte Verstand flöten ging.

Rossenegger konnte den nächsten Stammtisch nicht abwarten. Natürlich freute er sich auch auf das unmittelbar Kommende, doch das wahre Gute daran war, dass er den anderen die Mäuler mit dem Erlebten stopfen konnte. „Ihr erinnert Euch vielleicht noch an das junge hübsche Ding, das neulich im „Stier" saß? Nun gut, ich hatte SEX mit ihr. Schaut nicht so ungläubig drein, hier der Beweis." Sie alle starren wie gebannt auf das Höschen der adretten jungen Dame. Natürlich glauben sie ihm kein Wort und fordern weitere Beweise. Rossenegger produziert Fotos, legt sie ihnen Stück für Stück vor, sie auf ihm, er auf ihr, er hinter ihr, sie voller Ekstase. Wie die Kamele starren die Deppen auf die bildlichen Beweise, ihre Farbe wechselt von Rot zu Weiß und dann zu Grün – die Farbe puren Neids.
Irgendwann unterbrach ein Gedanke das wohlige Gefühl, das ihn vollkommen umfangen hatte. „Woher kennt die sich eigentlich so gut in unserem Wald aus?"
Sie war eine Fremde, jedenfalls hatte er sie vorher niemals zu Gesicht bekommen. Sie gebar sich aber wie jemand, der sich bestens in den Gefilden auskannte. Ihre Schritte, ihr Griff, mit dem sie ihn festhielt ließen vermuten, dass sie keine Zweifel kannte. „Die ist mir haushoch überlegen!", dachte er noch, als er sich plötzlich der Veränderung bewusst wurde und sich ernsthaft die Frage stellte, ob es an diesem Abend nicht vielleicht doch ausnahmsweise mal besser gewesen wäre, auf seinen Freund und Nachbarn Eduard Banzhaff zu warten. Und ob die Oma nicht vielleicht doch immer Recht hatte mit ihren mahnenden Warnungen. Und überhaupt glaubte er nicht mehr daran, dass er seine Anekdote im „Stier" zum Besten

geben würde. Genau genommen glaubte er im Moment gar nichts mehr und fragte sich, ob die „Furcht vor der Dunkelheit", von Maiden und Temptation propagiert, nicht vielleicht doch ganz gesund sei, weil sie das Leben des Fürchtenden eventuell verlängern half.

Eigentlich wollte er sich einen Narren schelten. Doch der Kloß in seinem Hals versperrte alles – erst recht, als sie endlich anhielt und ihn im fahlen Mondlicht anlächelte.

EDUARD BANZHAFF MACHT SICH SORGEN

Eduard Banzhaff war ein ganz normaler Mensch, der sich nicht mehr und auch nicht weniger Sorgen machte als andere. Er ging seiner Arbeit nach, tat was am Haus, mähte den Rasen, sah nach den Tieren, der Frau, den Kindern. Sechs Abende der Woche widmete er ihnen und dem, was sein Eigen war.
Ein Abend jedoch, der gehörte ihm. Ihm und seinen Stammtischbrüdern. Und die einzige Frau, die sie in ihrer Nähe duldeten, war Rosie, weil die ihnen die Getränke und die obligatorische Schlachtplatte brachte und sich gleich wieder verzog.
Krankheit, Urlaub und Geburtstage, die unbequemerweise dazwischenfunkten. Nur diese drei Elemente unterbrachen die wunderbare Routine. Den Urlaub legten sie alle so, dass er mit der dreiwöchigen Ferienschließung des Stiers zusammenfiel, Geburtstage ließen sich auch abkürzen und krank war man, wenn der Sensenmann schon einen Fuß ins Zimmer gestellt hatte.

Es war lange her, dass einer der Brüder ein Treffen versäumt hatte. Der vom Gerüst gefallene Bernhard Kugel, genannt Bernie, war der Unglücksrabe, der auf dem OP-Tisch gelegen hatte, während seine Kumpels auf ihn getrunken hatten. Die Woche danach war er dann wieder da gesessen, die komplette linke Schulter in Gips und seiner Frau hinterher winkend, die ihn kopfschüttelnd abgesetzt hatte.
Nun saßen sie wieder einträchtig beieinander – minus Alfred Rossenegger, der durch seine Abwesenheit glänzte.
Eduard Banzhaff fand sich in der Rolle desjenigen wieder, der als Nachbar und bester Freund Auskunft über den Verbleib des Stammtischbruders geben sollte.
Aber er musste passen. Und das fuchste ihn ganz gewaltig!
„Ja wie, du weißt nicht, was mit ihm los ist?" Auch wenn sie als Stammtischbrüder ein eingeschworener Haufen waren, wollte er manchem von ihnen hin und wieder an den Kragen gehen. Karl Braungart hatte so eine Art, die ihn manchmal auf die Palme trieb. Eduard wünschte sich eine größere Schlagfertigkeit, um lose Mundwerke schneller stopfen zu können. Die guten Antworten fielen ihm immer erst dann ein, wenn er des Nachts im Bette lag und vom Schnarchen seiner lieben Frau vom Schlaf abgehalten wurde. Dann, wenn es zu spät war und andererseits zu früh, weil er die rechten, galligen Widerworte bis zum nächsten Stammtisch längst vergessen hatte.
„Die ganze Woche hat er sich nicht blicken lassen", erklärte er der Runde. „Ich hab' bei ihm

geklingelt, ihn angerufen, aber er meldet sich nicht. Keine Ahnung, was den gefressen hat!"
„So ist das, wenn du keine Frau hast!", erklärte Siegfried „Diego" Ruopp. „Wenn dann mal was ist, kann der Umwelt keiner erklären, was mit dir geschehen ist. Das ist doch ganz schön blöd!"
„Was wird schon sein? Beleidigt ist er, sonst ist da gar nix! Er schmollt vor sich hin in seinem Bau! Sieht ihm ähnlich, diesem Dackel!" Manfred Kusch wusste mal wieder, wie der Hase lief.
„Genau! Darauf kannst du einen fahren lassen!" Dick Laforce echote wie immer das, was sein innigster Spezi von sich gab.

„Er ist aber nicht tot, oder?", fragte Bernie Kugel auf einmal. „Ich meine, man liest doch immer wieder von solchen Einzelgängern, die monatelang tot in ihren Häusern liegen und der Gasmann, der wegen der unbezahlten Rechnung nachhaken will, findet sie dann."
„Nein, Bernie, er ist nicht tot!" Banzhaffs Antwort kam so schnell und auch so laut, dass der ganze Wirtsraum zum Stammtisch blickte.
„Was macht dich da so sicher?", hakte Ruopp nach. „Ich meine, er ist Frührentner, muss also nicht zur Arbeit, und wenn …"
„Weißt du was?", unterbrach ihn Banzhaff, das Gesicht in ein leichtes Rot getaucht. „Wir gehen jetzt alle zu seinem Haus und schauen nach! Damit da ein für allemal Ruhe herrscht!"
Sie schauten ihn alle blöde an, doch Banzhaff kannte keine Gnade. Er ließ jeden sein Bier austrinken, ehe er sie aus dem „Stier" scheuchte. Rosie und der Wirt schauten schon etwas seltsam, weil sie so ungewöhnlich früh dran waren. „Wir kommen wieder", versprach Manfred Kusch, dem das Ganze etwas peinlich war.

Draußen bereuten es alle, Banzhaff nicht entschiedener entgegengetreten zu sein. Die Luft war angenehm, der Herbst war noch weit entfernt, doch es war eben auch weit bis zu Rosseneggers Haus. Sie keuchten und ächzten, als hätten sie die Siebzig schon längst überschritten, dabei hatte nur einer die Vierzig hinter sich gelassen und ausgerechnet der ging mit viel Dampf vorne weg.
„Eduard, Mensch, jetzt mach doch mal langsam!", rief „Diego" Ruopp, nachdem nicht einmal die Hälfte der Strecke geschafft war. „Wir glauben dir ja! Komm, lass uns umkehren! Morgen ist auch noch ein Tag."
Banzhaff aber dachte nicht daran. „Jetzt wird nicht der Schwanz eingezogen! Wir schauen nach, was mit dem Kerl los ist und dann kehren wir zum Stier zurück. Basta!"
„Und wenn er vor dem Fernseher sitzt, ziehen wir ihn raus und er muss uns allen ein Bier ausgeben!", erklärte Bernie Kugel.
„Eines? Drei, mindestens!", konterte Laforce.
Bei Rosseneggers Haus angekommen waren sie schon bei acht Bier pro Nase. Laforce, Kugel

und Kusch sahen sich in Gedanken schon in einem wonnigen Rauschzustand und machten sich ernsthafte Gedanken, mit welcher Ausrede sie der Arbeit des nächsten Tages fernbleiben könnten. Kugel und Kusch holte aber schnell die Realität ein. Deren Weiber würden ihnen das Schwänzen nie im Leben durchgehen lassen, schon gar nicht wegen eines Katers, der das Resultat eines Stammtischgelages war. „Wer saufen kann, kann auch aufstehen!", lautete ihr Credo, das sie wohl eins zu eins von ihren Vätern übernommen hatten. Laforce kannte den ehelichen Zustand nicht. Darin glich er Rossenegger, dem eisernen Junggesellen. Wobei Letzterer freiwillig auf die Freuden einer Partnerschaft verzichtete. Laforce hatte die wenigen Beziehungen, die es in seinem Leben gegeben hatte, entweder weggesoffen oder aber durch seine natürliche Dusseligkeit vertrieben.

Rosseneggers Haus lag in völliger Dunkelheit, ganz im Gegensatz zu dem Banzhaffschen Anwesen. „Deine Alte wartet mal wieder auf dich, was?" Das fanden alle lustig, bis auf Banzhaff natürlich. Der stand kurz davor, Diego Ruopp eine mitzugeben. Der dachte zwar, unter Stammtischbrüdern sei vieles erlaubt, aber da täuschte er sich gewaltig. Es gab Grenzen, die auch Saufkumpane nicht überschreiten durften. Natürlich brachten alle, die in einer Beziehung lebten, Anekdoten von diversen Auseinandersetzungen mit in den Stier, Banzhaff bildete da keine Ausnahme. Doch während Ruopp, Kugel, Kusch und Braungart immer mal wieder von kleineren Scharmützeln berichteten, wobei der eine schon mal eine Nacht im Garten zubrachte, hatte seine eigene Ehe ziemlich auf der Kippe gestanden. Zwei Jahre war das nun her und obwohl die Dinge in der Zwischenzeit klar abgesprochen und geregelt waren, entstand bei Kommentaren wie dem von Ruopp ein Kloß in seinem Hals, weil die alte Sicherheit fort war – und das unwiederbringlich. Es war, als sei er Tarzan, der nach Jahren das Vertrauen in die Lianen verloren hatte, weil eines Tages eine gerissen war. Der Tarzan des Vergleiches misstraute fortan den Lianen so, wie Banzhaff dem ehelichen Frieden und der ehelichen Solidität.
„Wir sind wegen Alfred gekommen!", erklärte er barsch. Die anderen kannten den Ton und flüsterten nun die Kommentare, die das Banzhaffsche Verhältnis betrafen, nur noch so einander zu, dass der Eduard sie nicht hören konnte.

Sie verstummten allerdings, als sie vor der Haustüre standen. Laforce, Kugel und Ruopp, die nach außen gerne so taten, als könne sie nichts schrecken, wünschten sich insgeheim, dass der Rossenegger sie dieses eine Mal verschlossen hätte. Weit draußen wohnend war es ihm zur Gewohnheit geworden, die Türe immer unverschlossen zu lassen. Kein Dieb kam auf den Gedanken eines Einbruchs – jedes fremde Auto wurde Meilen vorher gesehen und, bei Verdacht, gegebenenfalls an die Polizei gemeldet. Zu Fuß schleppte man sich mit der Beute zu Tode. Rossenegger und die Banzhaff-Familie lebten sehr sicher und ginge es nach Eduard, würde der die Türe ebenfalls unverschlossen lassen. Doch da sich die Frau nur sicher fühlte, wenn die Türe des Nachts zu war, fügte er sich in sein Schicksal.

Die Eingangstür zu Rosseneggers Haus ging federleicht auf. Sie knarrte, wie es die Türen alter Horrorfilme mit schöner Regelmäßigkeit taten. Plötzlich standen sie wie die Sieben Schwaben vor dem Hasen. Selbst Banzhaff verlor seinen Mut. Auf einmal wollte er die Türe einfach verschließen und auf dem schnellsten Wege zurück in den Stier gehen. Solange sie außerhalb des Hauses standen, herrschte eine selige Unwissenheit. Gingen sie rein und fanden das Haus verlassen vor, würden sie auf dem Rückweg lange über den Verbleib Rosseneggers rätseln. Wenn er jedoch darin lag ...

„Sei nicht tot! Sei bitte, bitte nicht tot, hörst du!", flehte Banzhaff in Gedanken. Denn wenn sie auf seine Leiche stießen, musste er sich der unangenehmen Frage stellen, weshalb er nicht längst schon nach dem Einzelgänger geschaut hatte. Mal abgesehen davon, dass niemand gerne Leichen fand.

Eduard Banzhaff hielt die Nase in das Innere und schnüffelte. Tote Leiber stanken, das wusste jedes Kind.

Einen Gestank machte er nicht aus. Es roch nach zu viel Staub und etwas modrig – so wie immer. Banzhaff trat ein. Die anderen blieben vorerst stehen. Hinterher würden sie die etwas unangenehm riechenden Unterhosen verschweigen und einem Anthropologen der Zukunft feuchte Augen bescheren, weil der überall alte, verschimmelte Unterhosen ausbuddeln würde. Banzhaff jedoch hatte eines im Sinn. Er kannte das Rossenegger Anwesen besser als jeder andere. Deshalb wusste er auch um die Stelle, an der es zum ersten Mal nach altem Kaffee roch. Dieser eine Geruch würde alle Zweifel beseitigen. Von ihm aus konnten sie dann auch wieder umdrehen und den Alfred in Ruhe vor sich hinschlummern lassen. Wenn er nur diesen bestimmten Geruch in der Nase haben würde ...

Banzhaff hoffte vergeblich. In der Küche ließ sich ein ganz feiner Kaffeegeruch ausmachen. Der entströmte dem Behälter, in dem der Rossenegger das Pulver aufbewahrte. Die Kaffeemaschine war so trocken wie ein Wadi jenseits der Regenzeit.

Jetzt roch auch die Unterhose des Eduard Banzhaff etwas. Wie ein Berserker rannte er durch das untere Stockwerk, immer mit dem blöden Gefühl, gleich über den Leichnam seines Nachbarn zu stolpern. Stattdessen kollidierte er mit Karl Braungart, der die Spitze der Zaudernden bildete. Banzhaff sagte nichts, stattdessen stürmte er die Treppe nach oben und untersuchte das dortige Stockwerk in Windeseile. Als auch das sich als verwaist erwies, wusste er nicht, ob er sich erleichtert oder verängstigt fühlen sollte.

„Er ist nicht im Haus!", brüllte er nach unten. Kollektives Aufatmen, das von der großen gemeinsamen Erleichterung sprach, kam zur Antwort. Das trieb ihn auf die Palme, weil die Deppen offensichtlich nicht von selbst auf die anstehende Aufgabe kamen.

„Jetzt schaut gefälligst in der Garage und dem Stall nach, ob die auch leer sind!", brüllte er. Daraufhin drang das Geräusch vieler Schuhe an sein Ohr. Dann war er komplett alleine im Haus. Bevor er den Kumpanen nachging, sah er aus dem Fenster, das auf sein eigenes Anwesen zeigte. „Du hättest nicht brüllen dürfen, du alter Esel!", schalt er sich, angesichts der Gattin, die am Fenster stand und nach draußen starrte.
Draußen kamen ihm die anderen entgegen. Sie mussten nichts sagen. Die Erleichterung auf ihren Gesichtern sprach Bände.

Noch während sie sinnierend vor Rossereggers Haus standen, ging die Türe zum Banzhaff-schen Anwesen auf und heraus gestürmt kam Anneliese, genannt Liese, Banzhaff. Ihr Organ, bzw. dessen Lautstärke, so waren sich alle einig, ließ wahrscheinlich die Rosie an das Fenster des Stiers treten. „Was ransackt ihr im Haus vom Alfred herum, darf man das vielleicht mal erfahren? Ihr seid mir vielleicht schöne Saufkumpane!"
„Wir haben uns nur Sorgen gemacht, das ist alles!", erwiderte Banzhaff. „Schließlich haben wir ihn seit dem letzten Stammtisch nicht mehr zu Gesicht bekommen."
„Und wenn schon! So, wie ich das sehe, ist er endlich gescheit geworden, was man von anderen nicht gerade behaupten kann." Sie redete weiter und ließ sich durch niemanden unterbrechen. Natürlich wollten sie sie darauf hinweisen, dass das Haus verlassen war und dass es keine Erklärung für das Fortbleiben Rossereggers gab. Liese Banzhaff aber, einmal in Rage geredet, was bei ihr schnell geschah, ließ sich durch nichts stoppen. Nur die angehenden Lichter in den Kinderzimmern geboten ihr Einhalt.
„Seht ihr, das kommt davon!", brüllte sie und stapfte davon. Der ganze Auftritt hatte etwas Slapstickhaftes und knüpfte ein vergnügliches Ende an den Stammtischausflug, der bis dahin völlig frei von allem Vergnügen gewesen war. Sie lachten wie die Hyänen, selbst der Banzhaff, dem die weiblichen Ausbrüche der Gattin neuerdings oft unheimlich waren, weil sie immer dieses hässliche Wort am Rande der Vision tanzen ließen und das er wie nichts anderes fürchtete. Das Wort hieß Scheidung und es schüttelte ihn durch, wenn er es mit feinen Bewegungen tänzeln sah.

Die Saufbrüder, ansonsten nicht gerade für ihre Sensibilität bekannt, ließen ihn dieses Mal nicht im Regen stehen; das Gelächter begann erst, nachdem sichergestellt war, dass die Anneliese sie nicht mehr hören konnte. Selbst Laforce, in Sachen Eheleben ein reiner Theoretiker, wusste um dieses eine Gesetz, das in Ehen manchmal Bestand hatte: Die Frauen, erst einmal in Rage gebracht, konnten ihren Männern das Leben ganz schön zur Hölle machen. Keiner der Verheirateten gab es zu – doch oft hatte die Frau die Hosen in der Beziehung an. Dementsprechend gut war man beraten, wenn man sie nicht ohne Not reizte. Der Eduard konnte ihr ja in einer ruhigen Minute begreiflich machen, dass Alfred Rossereggers spurloses Verschwinden ein komisches „Gschmäckle" hatte. Vielleicht würde sie dann verstehen, weshalb sie des Nachts bei ihm einsteigen hatten müssen. Vielleicht. Wenn nicht, dann ...

FREAKSHOW

Karl Braungart war zuweilen ein offenes Buch. Saß er in einer bestimmten Pose am Stammtisch, wussten die anderen, dass er sie mit einer ganz besonderen Geschichte ergötzen würde. Meistens nahm diese einen großen Teil des Abends ein, was höchstwillkommen war, wenn es so gut wie nichts zu bereden gab.

An diesem Tag hatten sie allerdings mehr als genug zu palavern: Alfred Rossenegger war nun schon satte zwei Wochen verschwunden. Es war das Goldene Ei für jeden Stammtisch, das El Dorado für all jene, die sich nun mit ihren Geschichten zum Verschwundenen hervortun und die gleichzeitig Theorien preisgeben wollten, die das rätselhafte Verschwinden ihres Stammtischbruders erklären sollten.

Inzwischen hatte auch Anneliese Banzhaff ihren Widerstand aufgegeben und war zu den Brüdern übergetreten – wenn auch nur dahingehend, dass sie es mittlerweile selbst komisch fand, dass der Kauz sich nicht blicken ließ. Wobei sie wesentlich entspannter war als die Saufkumpane des Verschwundenen. Die konnten keine Witze mehr über den Rossenegger reißen, sie schon. „Eines Tages werden wir ihn in einer Dokumentation über ausgestiegene Hippies entdecken, in der er dann in einem Lendenschurz durch die Gegend läuft und sich wie ein Affe benimmt." Den Witz fand sie so komisch, dass sie ihn überall verlauten ließ. Je länger Rossenegger verschwunden blieb, desto salonfähiger wurden ihre Witze, die sie über ihn in Umlauf brachte. Sie öffneten ihr so manche Tür und brachten sie der Glückseligkeit ein Stück näher. Eduard Banzhaff profitierte davon, aber das lag ein ganzes Stück in der Zukunft. Jetzt ging es ihm wenigstens etwas besser, weil auch die liebe Gattin nicht mehr auf dem nächtlichen Besuch der Brüder herumhackte und der eheliche Friede in der Sache wiederhergestellt war. Es gab genügend andere Baustellen, aber die eine, die nun geschlossen war, erzeugte ein gutes Gefühl.

Sie hätten gleich über den Rossenegger reden können. Doch dann hätten sie mit ansehen müssen, wie der Karl Braungart immer roter im Gesicht wurde, während der Hals anschwoll und er immer unleidiger wurde, je länger man ihn nicht zu Wort kommen ließ. Darauf hatten sie keine Lust, denn er besaß die Fähigkeit, eine gute Stimmung kippen zu lassen. Also ließen sie ihm den Vortritt.

„Der Müller!", begann er. Unglücklicher konnte man eine Story nicht beginnen. Braungart musste sich dessen eigentlich bewusst sein. Denn der Müller, darin waren sich alle einig, der Müller redete nur Müll daher, weil es ja so schon in seinem Namen steckte.

„Der Müller hat mir neulich die Ohren vollgequasselt!" Warum er nun erwartungsfroh in alle

Augen schaute, blieb den anderen rätselhaft. Denn auch darin waren sie sich einig, dass er einem ständig die Ohren volllaberte. Mit jede Menge Müll, denn man eigentlich nicht verbreiten sollte. Dachte ihr Kumpan womöglich, dass dies eine gute Art sei, in eine Erzählung einzusteigen? Hoffte er das wirklich, lag er gründlich daneben.

Braungart räusperte sich. „Er sei in der Stadt unterwegs gewesen." Er nahm sein Bier, trank andächtig, als müsse er jeden einzelnen Schluck genießen und dehnte so die Pause unnatürlich lange. Die anderen kannten das, es war jedes Mal dasselbe, und sie wurden den Verdacht nicht los, dass die Unterbrechungen stets länger dauerten. Das war nur einer von vielen Gründen, weshalb sie ihm so ungern zuhörten.

„Da seien sie in eine Show gegangen, weil ihnen einer an so einer Tür etwas zugerufen hat. Und jetzt ratet mal, wer mit dabei war!"

„Manche Dinge ändern sich nie", dachte Siegfried Ruopp. „Der Karl wird es nie schaffen, eine Geschichte ohne Unterbrechungen und flüssig zu erzählen." Eduard Banzhaff verdrehte im Inneren die Augen.

„Der Rossenegger!", rief Laforce.

„Falsch, der doch nicht. Der ist doch verschwunden!"

„Seine Frau!" Kugels Einwurf war nicht ernst gemeint.

„Die Frau Merkel."

„Ach Eduard, du mit deinen Bemerkungen!"

„Jetzt spann uns nicht so lange auf die Folter. Also, wer war mit dabei?" Manfred Kusch ließ keine Zweifel daran, dass das Rätselraten vorbei war.

„Diedrich Wollewein. Der war dabei!", rief Braungart und bekam sich lange nicht mehr ein. Nun war besagter Wollewein für seine exzentrischen Taten bekannt, der Witz ging an den anderen trotzdem vorbei.

„Und was haben die gemacht?" Kusch ließ die aufkeimende Irritation durchscheinen und trieb damit Braungart zurück zu seiner Geschichte.

„Also, wie gesagt, sind sie in eine Show gegangen. So ein blödes englisches Zeugs sei an der Werbetafel gestanden. Wartet, ich hab's mir aufgeschrieben."

Während Braungart in seinen Hosentaschen kramte, verdrehten die anderen die Augen.

„Ah, hier hab' ich's ja." Er las den Zettel, als sei er ein Erstklässler, der das Lesenlernen noch vor sich hat.

„Trink Beer and look q-u-e-e-r."

Jetzt starrten ihn die anderen an. Denn Braungart las das Wort „Queer" wie ein langgezogenes „Quer" und nicht dem englischen Wortlaut entsprechend „Quier". Da sich auch die Saufkumpane mit Englischkenntnissen nicht hervor taten, konnten sie sich keinen Reim darauf machen. Andererseits bemühten sie sich auch nicht sonderlich, denn wenn der Müller und der Wollewein zusammen waren, kam sowieso nur lauter komisches Zeugs heraus.

Rosie, die an einem Tisch saß und Besteck einwickelte, amüsierte sich königlich und speicherte die Erinnerung gleich auf ihrem Phone, um es später ihren Freundinnen präsentieren zu können. Die hatte sie in der Vergangenheit schon das eine oder andere Mal mit Anekdoten der Stammtischrunde versorgt und die Brüder dem Gespött der Kumpaninnen preisgegeben. Die Sprüche zogen ihre Bahnen und ließen die Männer auch einem breiteren Publikum bekannt werden – dank des weltweiten Netzes. Banzhaff und Co. ahnten nicht, dass die eigenen Kinder über so manches in „trauter" Runde Dahergesagtes Bescheid wussten. Laforce und Braungart wäre es im Traum nicht in den Sinn gekommen, dass sie in irgendeiner Hitliste auftauchen und darauf auch noch die oberen Plätze belegen würden. Keiner der Kumpane war viel im Netz unterwegs, ansonsten hätten sie die Webseite „Saudummesprüche.de" irgendwann entdeckt, die eben jene Hitliste enthielt.

„Bringst mir noch ein Dunkles, Rosieherzchen?", rief Manfred Kusch und holte sie alle aus der gedanklichen Erstarrung heraus. Genau das war seine Intention gewesen, doch als Braungart immer noch wie ein dumpf brütender Stier da saß, verlor er die Geduld. „Und, weiter?" Braungart schüttelte sich, als müsse er sich von irgendetwas befreien, das ihn gefangen hielt. „Du wolltest uns doch unbedingt deine Geschichte erzählen. Jetzt sitzt du da und lässt uns zappeln! Mensch, mach endlich mal hinne!" Diese Worte dachte Kusch nur, aber wenn Karl Braungart noch länger wartete, würden sie ihren Weg an die Oberfläche finden. Braungart bekam die Kurve in allerletzter Sekunde. „Sie sind also da reingegangen. In diesen komischen Schuppen. Alles sei grell geschmückt gewesen. Die Kellnerinnen – oder, besser gesagt, was sie für Kellnerinnen hielten – ebenso wie die Tische, Stühle, die Bühne, die Wände …"
Er beschrieb alles mögliche und nannte Dinge auch mehrfach.
„Braungart, du Oberdepp!", dachte da selbst Laforce. Er gehörte nicht zu den Hellsten, doch sogar er wusste, dass Geschichten an Fahrt verlieren, wenn man zu sehr ins Detail geht. Wenn sie denn unerheblich sind. Das aber würde Karl Braungart nicht mehr in seinen Schädel bekommen. Dazu war es längst zu spät.
„… die Decke, die Klos, ja, stellt euch mal vor, auch die Klos haben die so komisch grell geschmückt! Dann haben sie sich hingesetzt, gleich kam so eine Kellnerin und hat ihre Bestellung aufgenommen. Die Kellnerin hat sie komisch angeschaut, als sie ein Bier wollten. Aber die Kellnerin (Braungart merkte nicht, wie die anderen die Augen verdrehten, selbst die wenigen anderen Gäste und Rosie und der Koch, der aus der Küche in die Gaststube gekommen war, weil er ständig das „In" in Kellnerin so besonders betonte. Braungart war ein lausiger Geschichtenerzähler, der viel von seinen Talenten hielt, weil er, so dachte er, den Geschichten ihre besondere Note gab, eben weil er durch seine Betonungen dafür sorgte) hat ihnen die Biere gebracht. Und stellt euch vor, die leuchteten giftgrün! Jetzt könnt ihr euch vorstellen, wie der Müller abgegangen ist. Der kann so was ja gar nicht ab, schließlich steht er auf das Reinheitsgebot und hasst Chemie in Bieren wie die Fliege das Spinnennetz. Dann habe sie

ihn „Schätzchen" genannt und sei einfach davon gegangen. Dann hat die Show angefangen." Die nächsten Minuten verbrachte er mit der Beschreibung der Farben, in denen die Bühnenlampen geleuchtet und deren Muster, die sie gezeichnet haben und ließ sich dann minutenlang darüber aus, was der Müller gesagt hatte und alle fragten sich, ob Braungart es schaffen würde, sich noch mehr in Banalitäten zu verlieren. Auf Laforce und Kusch hatte es eine meditative Wirkung und sie schlummerten vor sich hin.

Sie schraken auf, als Braungart endlich zur Sache kam. „Tunten, ich sag's Euch, Tunten. TUNTEN! Ohne Ende Tunten. Sie sind über die Bühne geschlichen, haben irgendein so komisches Zeugs gemacht, dass dem Müller schlecht geworden ist und der Wollewein hat glänzende Augen gekriegt. Ich glaub', der wäre am liebsten selber auf die Bühne gegangen und hätte mitgemacht. Ihr kennt den Wollewein ja. Das hat der Müller gesagt, das könnt ihr euch ja denken. Und dann..." Plötzlich brach Braungart in eine Art hysterisches Gelächter aus. Er wieherte dabei wie ein Pferd und im Hintergrund, von ihm ungehört, rief ein Gast nach der Rosie, damit er die Zeche zahlen konnte.

„Gleich würg' ich ihn!", dachte Bernie Kugel. Stattdessen rief auch er nach der Rosie und bestellte ein weiteres dunkles Hefeweizen.

„Wir sollten ihm einen Urlaub bezahlen. Vier Wochen Malle oder die Uckermark oder Holland oder Belgien. Hauptsache, der Kerl ist fort!" Es war nicht das erste Mal, dass Banzhaff den Gedanken hegte.

„Der Depp! Der Depp! Der Depp! Der Depp! Depp! Depp! Depp! DeppDeppDeppDepp..." Ruopp schimpfte so lange leise vor sich hin, bis Braungart endlich weiter machte.

„... dann sind die TUNTEN von der Bühne gegangen und haben sich ein paar Gäste geschnappt. Wer, glaubt ihr wohl, war dabei?"

„Der Müller!", rief jemand aus dem Hintergrund. „Und der Wollewein!", rief der nächste. Rosie grinste nur, genauso wie die Brüder, die den unqualifizierten Einwurf ausnahmsweise tolerierten. Normalerweise würden sie jedem, der sich ungefragt in ihre Angelegenheiten einmischte, deutlich machen, dass er gefälligst nichts zu ihren Gesprächen beizutragen habe. Es dauerte, bis sich Braungart von den Einwürfen erholt hatte. Ein Teil der Fröhlichkeit war ihm flöten gegangen, was die anderen dankbar zur Kenntnis nahmen. Es nahm ihm die Lust am Ausschmücken und außerdem brachte es ihn plötzlich zu einem kohärenteren Erzählstil. Mürrisch geworden erkannte Braungart nicht, dass er auf einmal zu einem besseren Erzähler geworden war. Den anderen war es egal, ob er schmollte, für sie zählte nur, dass sie der Geschichte fortan besser lauschen konnten.

„Der Müller hat sich geweigert, doch die Mannsweiber hatten eine Kraft, gegen die er nicht angekommen ist. Der Wollewein ist ja sowieso freiwillig mitgegangen. Dann haben die sie auf der Bühne zum Tanzen gezwungen. Also, den Müller haben sie gezwungen, der Wollewein hat von sich aus fröhlich mitgemacht. Dem hat hinterher keiner einen Antrag gemacht, dem

Müller dagegen schon. Wie die Teufel sind sie dann abgehauen, der Wollewein aus Enttäuschung und der Müller, damit er den Mannsweibern entkommt."

„Das hätt´ ich gerne gesehen!", rief Eduard Banzhaff.

„Ich allerdings auch!", fiel Rosie ein. Die anderen – dazu gehörten sämtliche anwesenden Gäste – ebenso.

„Da hat der Müller sicher ganz schön blöd aus der Wäsche geschaut!", lachte Laforce.

„Und der Wollewein erst!" Ruopp schlug sich vor Lachen auf die Knie.

Wie hieß die Show nochmals, die die beiden besucht hatten?", fragte Rosie, als sie dem Bernhard Kugel das Hefeweizen brachte.

Anstatt zu antworten, reichte Braungart ihr den Zettel. Noch einmal las er den Titel der Show nicht vor, um sich nicht ein weiteres Mal der Lächerlichkeit preis zu geben. Er hatte sehr wohl verstanden, dass man sich über ihn lustig gemacht hatte.

„Trink beer and look queer." Rosie runzelte die Stirn. „Da hat sich einer aber verkünstelt. Und die Sache doch nicht ganz richtig gemacht. Wenn es denn schon Englisch sein soll, dann bitte auch ganz. Und nicht das Trink mit T, sondern mit D."

„Ja, hast wohl recht. Bringst mir auch noch ein Hefe, Rosie?" Banzhaff hatte das Thema abgeschlossen, das merkte man deutlich. Sie hatten sich lange genug mit Braungarts Geschichte beschäftigt, jetzt war der Rossenegger dran. Dachte er, lag aber erst einmal falsch, denn Rosie hatte noch eine Sache anzubringen.

„Ich meine, da kommt demnächst etwas im Fernsehen von dieser Show." Keiner reagierte, weil sie nicht verstanden, worauf die Kellnerin hinaus wollte. Also wurde sie deutlicher.

„Waren da vielleicht Kameras aufgestellt? Hat der Müller dazu etwas gesagt?"

„Nein. Nein, hat er nicht. Wieso?"

Rosie dachte innerlich nur: „Du Depp, Depp, Depp..."

Aber die anderen standen genauso auf dem Schlauch. Also wurde sie noch deutlicher. Und sprach dabei so langsam, als hätte sie es mit einem Haufen Minderbemittelter zu tun, die zwei und zwei nicht zusammenzählen können.

„Also, falls da Kameras aufgestellt waren, die die Show gefilmt haben – und zwar an jenem Abend, an dem der Müller und der Wollewein da waren – werden sie…" „Kommt schon, das ist eure letzte Chance!", dachte sie.

Keiner nutzte sie. Der einzige, der die Anspielungen verstanden hatte, war Eduard Banzhaff. Doch der bockte einmal, weil die Rosie keine Anstalten machte, die Bestellung aufnehmen zu wollen und zweitens, weil er die Müller Anekdote längst abgeschlossen hatte. Somit sagte er nichts und ließ die Herren Stammtischler wie ein Haufen Deppen aussehen.

„Mensch, das gibt´s doch nicht!", rief die Rosie und schlug die Hände über dem Kopf zusammen. „Wenn da Kameras waren, dann werden die den Tanz mit dem Müller und Wollewein gefilmt haben. Und dann können wir uns das im Fernsehen anschauen. Ist das denn so schwer zu kapieren?"

Danach war es für einige Sekunden still. „Als müssten sie erst noch ihre Zahnräder im Denkapparat anschmeißen!", dachte Rosie.

Aber dann brachen die Dämme und es ereignete sich Historisches im Stier – für einen Abend gehörten sämtliche Gäste zum Stammtisch dazu. So etwas hatte es vorher nicht gegeben (und würde wohl auch in Zukunft nicht wieder vorkommen). Alle waren sich einig und verbrüderten sich darin, dass sie den Tanz des Wolleweins und Müllers sehen wollten. Die Rosie hatte alle Hände voll zu tun, weil nun der Gerstensaft noch schneller die Hälse hinablief als zuvor. Es dauerte nicht lange, bis man anrüchige Lieder sang und sich gegenseitig versaute Witze erzählte.

In dem allgemeinen Treiben fiel es nicht auf, dass sich Eduard Banzhaff verabschiedet hatte. Er kam einfach nicht darüber hinweg, dass sie an der alten Braungartschen Geschichte weitermachten und den Rossenegger völlig vergaßen. Immerhin war der ein Stammtischkumpel, und ihn völlig außen vor zu lassen, verstieß gegen die Stammtischethik. Jedenfalls dachte Banzhaff das. Natürlich würde er auch den Müller und Wollewein gerne mit den Tunten zusammen tanzen sehen. Deswegen aber konnte er doch den Rossenegger nicht völlig unerwähnt lassen! Das war eine Sauerei erster Güte! Banzhaff war saumäßig zornig auf seine Kumpel, und auch auf Rosie.

Daheim angekommen, hatte sich die Wut etwas verflüchtigt. Sie verflog völlig, als er auf das dunkle Haus des Rosseneggers starrte. Je länger es verlassen lag, desto unheimlicher wirkte es. Als sei es ein Spukhaus aus einem dieser alten Filme. Banzhaff konnte nicht umhin, sich vorzustellen, dass Alfred Rossenegger hinter einem dieser Fenster stand und auf ihn hinaus starrte. Mit Augen, die der Welt nicht mehr sein eigentliches Selbst zeigten, sondern einen neuen, andersartigen Rossenegger. Einer, der nicht nur den Kindern, sondern auch Eduard Banzhaff Angst einflößen konnte. Die letzten Meter rannte er, so schnell die Beine es erlaubten. Als die Haustüre hinter ihm ins Schloss fiel, ließ er sich zu Boden sinken, als sei er gejagt worden und deshalb völlig erschöpft. „Das ist nicht mehr normal!", flüsterte er und trank zur Beruhigung drei Gläschen Schnaps. Erst dann fühlte er sich dazu in der Lage, die Stufen nach oben zu gehen, die Zähne zu putzen und sich neben die schnarchende Form zu legen. „Wenn ich dich nicht hätte, geliebtes Eheweib!", dachte er, ehe er dann in einen unruhigen Schlaf fiel, aus dem er bald erwachte, weil ihn der viele Alkohol ins Badezimmer trieb. Auf dem Weg zurück in Richtung eheliches Schlafzimmer fiel sein Blick auf das Rosseneggersche Haus, das immer noch in völliger Dunkelheit lag. Und deshalb sah er die beiden roten Punkte auch so gut. Sie starrten ihn an, als wollten sie ihn dazu herausfordern, zu ihnen zu kommen.

Banzhaff brach alle Rekorde beim Sprint ins Schlafzimmer, wo er dann bibbernd neben der immer noch schnarchenden Anneliese Banzhaff lag.

DIE BADEANSTALT

Dick Laforce schlief, wenn er nicht gerade zur Arbeit musste, gerne aus. Nichts trieb ihn jenseits der werktäglichen Woche früh aus dem Bett, mit der Ausnahme von ganz besonderen Anlässen. Dazu gehörte auch „Die Erinnerung", weil die ihn mit Glückshormonen überschüttete und ihn den schönsten Augenblick seines Lebens immer wieder durchleben ließ.
Doch sie war wie alles dem Zahn der Zeit unterworfen und verblasste zusehends. Je länger der Tag in der Badeanstalt zurücklag, desto unsicherer wurde er sich und er fragte sich zuweilen, ob er nicht einem selbst zusammengebastelten Hirngespinst aufgesessen sei.
Die Intervalle zwischen seinen Besuchen jener Einrichtung im Wald, die ihren Betrieb seit Jahren trotz stetiger schwarzer Zahlen eingestellt hatte, waren in letzter Zeit größer geworden. „Was soll ich mir wucherndes Unkraut anschauen, dazu muss ich nicht in den Wald!", dachte er nach jedem vergeblichen Besuch seines persönlichen Ortes der Glückseligkeit
Am Sonntag nach dem historischen Ereignis im Stier wachte er früh auf. Die Sonne grüßte zaghaft und ein rötlicher Schein fiel ins Schlafzimmer ein. „Ich werde heute ins Waldbad gehen!", verkündete Dick laut, als müsse er jemandem sein Ziel erklären. Tatsächlich sagte er es sich selbst zu, damit er die Sache nicht abbliese, wie er es in den vergangenen vier Wochen gleich dreimal gemacht hatte. „Sie werden höchstwahrscheinlich wieder nicht da sein!", dachte er, aber weil er den Vorsatz laut ausgesprochen hatte, stand Dick auf und zog sich an.
Sie, das waren die nackten Weiber, die er eines Tages völlig unverhofft zu Gesicht bekommen hatte. Sie formten „Die Erinnerung", die dem Junggesellen so viel Glück bescherte. Laforce wusste immer noch nicht, weshalb er den desolaten Ort, zu dem die Badeanstalt mehr und mehr verkam, damals aufgesucht hatte. Ein Soziologe würde ihm eine „Morbide Neugierde" oder gar „Eine Faszination des Zerfalls einer Institution als Sinnbild des Zerfalls der bürgerlichen Gesellschaft" unterstellen – Zeilen und Worte, mit denen er nichts anzufangen wusste, weil sie seinen Horizont überstiegen.
Jedenfalls war er da gewesen, ebenfalls an einem Sonntag, recht früh, um kurz nach neun Uhr. Er fragte sich bis zum heutigen Tage, was ihn damals aus dem Bett getrieben hatte. Die Kirchenglocken hatten gerade aufgehört zu läuten und die Stille des Waldes war wiederhergestellt gewesen. Er hatte sich sehr gewundert, dass der Schall der Glocken so weit trug. „Da könnt ihr Rehe und Hasen schön beten." Das dachte er jedes Mal, wenn er die Glocken am Zaun der Badeanstalt hörte. Und jedes Mal lachte er über den eigenen Witz, als gäb's kein Morgen.
In die Stille hinein war da plötzlich dieser andere Klang gewesen. Der von Frauen, die lachten

und offenbar sehr viel Spaß hatten. „Wie kommen die denn hierher? Was machen die da überhaupt?" Mit den Fragen bewaffnet war er durch das Loch im Zaun geschlüpft, der das alte Bad eigentlich schützen sollte. Es gab nichts Wertvolles, das irgendjemand entfernen konnte und weil es seit Jahren ungepflegt war, holte sich der Wald das Stück Land wieder. Büsche und kleine Bäume, Gras und Brennnesseln wuchsen, wie es ihnen gerade in den Sinn kam. Die Gemeinderäte dachten wahrscheinlich an ihre eigene Jugend zurück und dass das Gelände wie geschaffen für Schäferstündchen sei. Der Zaun war also wahrscheinlich dazu da, um die Jugendlichen vor sich selbst zu schützen. Denn das Gelände der Badeanstalt war tückisch, man musste höllisch auf der Hut sein, die Gefahr eines Sturzes war groß, genauso wie die des Ertrinkens, denn das Becken füllte sich nach ergiebigen Regengüssen mit Wasser und das teilweise so hoch, dass man darin untergehen konnte.

Der Zaun war aber so überflüssig wie ein Schneeräumer in der Sahara. Keiner nutzte das Gelände für Schäferstündchen. Mutproben oder andere Unsinnigkeiten fanden darin auch nicht statt. Das Loch im Zaun war allen bekannt, da machte Laforce sich nichts vor - selbst den Verantwortlichen, die es eigentlich zustopfen mussten. Die sparten sich den Aufwand, weil sie wussten, dass keiner freiwillig auf das Gelände ging.

Laforce hätte es auch nicht betreten. Wenn nicht diese Weiberstimmen gewesen wären. Es hatte diese Aura des Unheimlichen, seit der sechszehnjährige Kai Kümmerle sieben Monate nach der Schließung des Bades dort ertrunken war. Das Unglück konnte sich keiner erklären, den Leichnam im „Rohzustand" hatte niemand zu Gesicht bekommen - außer den Eltern, die ihn identifizieren mussten. Die schwiegen sich über die Ansicht aus, auch über die „Aufhübschung" der Leiche, von der alle sprachen. So waren die Gerüchte in den Umlauf gekommen, die von tiefen Schnittwunden sprachen und schrecklichen Malen, die dem Jungen vor dem Tod beigebracht worden seien. Die Abergläubischen machten seither einen sehr weiten Bogen um das Gelände des alten Bades, so mancher Jäger jagte nicht mehr in seiner Nähe - und die Nichtabergläubischen mieden es ebenso - sie sprachen es nur nicht laut aus.

Jenseits des Zauns schlug man sich durch die reine Wildnis und war gut beraten, langsam und bedächtig voran zu schreiten. Für den Fall, dass man es vergaß, tauchte irgendwann ganz automatisch der Name „Kai Kümmerle" auf.

Laforce war unfallfrei bis zu der Stelle, von der aus das Bad komplett ersichtlich war, gekommen. Dort hatte ihn dann beinahe der Schlag getroffen, denn die Liegewiesen - frisch gemäht - waren voller nackter Weiber gewesen. Sie hatten miteinander gespielt, waren tief in Konversationen verstrickt auf Matten gelegen, sie hatten sogar in, wie es schien, dem Regenwasser, das das Becken zur Hälfte gefüllt hatte, gebadet.

Das war nun ein gutes Jahr her. Anfangs war er jedes Wochenende dort gewesen, um nach den Weibern Ausschau zu halten und war immer enttäuscht nach Hause gegangen. Dann waren die Intervalle größer geworden und jetzt stand er kurz vor dem Eingeständnis, dass er sich die Begebenheit nur eingebildet hätte.

Einen Versuch gab er sich noch. „Wenn sie heute nicht da sind, gebe ich's auf", dachte er mit sehr ambivalenten Gefühlen. Er würde die Jagd nach den nackten Ludern nur ungern zu den Akten legen, andererseits verließ ihn das seltsame Gefühl beim Betreten der Badeanstalt nie. Als lauere dort etwas. Die Vernunft erklärte ihm natürlich, dass dies Unsinn sei. Erstens hatte er das Bad jedes Mal unversehrt verlassen, zweitens war er immer alleine geblieben. Keine nackten Frauen und auch keine Hinweise darauf, dass jemand anderes da gewesen war. Die Liegewiesen lagen überwuchert, der Dschungel jenseits des Zauns schien dichter als ein Regenwald.

„Darin kann man sich gerade gut verstecken!", warf er der Vernunft entgegen. „Und außerdem …" Der Name rief ein solches Schaudern hervor, dass er ihn nicht zu Ende denken konnte. Er würde ihn immer wieder heimsuchen, zusammen mit den Gerüchten, die den Zustand des Leichnams betrafen und erst in Ruhe lassen, wenn er das Gelände endgültig nicht mehr betrat. Laforce stand kurz davor, Diego Ruopp oder Manfred Kusch anzurufen. Doch weil die ihn sicherlich auslachen oder beschimpfen würden, ließ er es sein. „Wenn sie da sind, die nackten Weiber, habt ihr den Anblick gar nicht verdient!" Es war der letzte Ansporn, der ihn endgültig aus dem Haus trieb.

Die Sonne hatte sich in der Zwischenzeit ein kleines Stück nach oben geschoben. Jetzt schon war zu erahnen, dass es ein besonders heißer Tag werden würde. Ideale Bedingungen für nackte Luder, sich in alten Badeanstalten zu suhlen. „Ja, heute könnt' ich Glück haben." Mit diesen Worten stieg Laforce pfeifend ins Auto und fuhr davon.

Der Wanderparkplatz lag vollkommen verlassen. Als hätte die Schließung des Bades auch ihn betroffen. Gewissermaßen war das so, denn solange das Waldbad Bestand hatte, waren auf ihm immer Autos gestanden. Doch seit das Ding geschlossen war, eroberte sich der Wald den Parkplatz langsam zurück. Manchmal wirkte sein Fahrzeug wie ein Störfaktor in der ansonsten perfekten forstlichen Harmonie. Laforce kam es jedenfalls so vor. „Ich würde ja bis zur Badeanstalt durchfahren", sagte er, als müsse er sich dem Wald gegenüber rechtfertigen, „doch seit die die Schranke hingestellt haben, komme ich nicht mehr durch." Dass es dort, an besagtem Bade, weitaus mehr stören würde, weil der Badparkplatz tiefer im Wald lag, kam ihm nicht in den Sinn.

Die Schranke war der letzte Meilenstein. Laforce stand wie immer davor und starrte auf den Waldweg, der zu seinem Ziel führte. Fünfzehn Minuten strammer Marsch und er war da. Eine Viertelstunde durch einen menschenleeren Teil des Waldes, umgeben von dichten Tannen. Eigentlich liebte er das, denn wenn er jemandem begegnete, musste er grüßen. Er musste es einfach tun, weil man es ihm als Kind eingeimpft hatte. Das saß jetzt so fest in ihm drin, dass er sich dessen nicht erwehren konnte. Das Grüßen an sich war ja gar nicht so schlimm, aber die Reaktion mancher Wanderer schon. Grüßten sie zurück, war alles in Ordnung. Doch wenn sie ihn nur wie blödes Vieh anstarrten oder ihm das Gefühl gaben, er sei der Dorfdepp, dann hasste er diese anerzogene Höflichkeit wie die Pest.

Auf diesem spezifischen Waldweg musste er nicht mit anderen Wanderern rechnen. Hier blieb er ganz allein für sich. Und genau das war ihm auch nicht Recht. In einem Notfall brauchte er nicht auf Hilfe zu hoffen, weil es auch keinen Handyempfang gab. Wenn ihm am Bad etwas auflauerte, so wie damals dem jungen Kümmerle, zog sich der Rückweg verdammt lange hin; und das Dickicht aus Nadelgehölz das den Weg säumte, bot jedem beste Versteckmöglichkeiten; an manchen Tagen bereitete es ihm Unbehagen, wenn er durch das Spalier aus Bäumen lief.

Daran dachte er, wenn er zaudernd vor der Schranke stand und mit sich debattierte, ob er nun weitergehen solle oder ob der Rückzug die bessere Alternative sei.

Einmal war er umgekehrt, Tage nach einer „Akte X" Filmnacht mit Diedrich Wollewein. Mulder und Scully hasteten mit Vorliebe durch dichte Wälder und als Helden der Serie geschah ihnen dabei nichts. Ein paar Beulen, ein paar Schrammen, vielleicht einmal eine Nacht im Gefängnis oder in einer Hütte gefangen. Sie kamen immer mit einem blauen Auge davon. Laforce mochte die Serie, das war der Grund, weshalb er sich mit Wollewein eine komplette Nacht um die Ohren geschlagen hatte.

Aber als er dann, ein paar Tage später, an dieser Schranke gestanden war, hatte er nicht weiter gehen können. Er hätte selbst beim Anblick eines der nackten Weiber auf dem Waldweg umgedreht. Denn der Wald war voll von Außerirdischen, Monstern und psychisch kranken Mördern. Dick Laforce wusste natürlich, dass sie nicht da waren, weil sie nur Geschöpfe eines Drehbuchautors waren.

Heute kehrte er nicht um. Das Herz klopfte wie immer, als er die Schranke übersprang. Doch kaum drei Schritte gegangen, war es ihm leichter ums Herz. „Du bist halt doch ein alter Trottel!" Laforce war so eingefahren wie die Spuren eines Karussells. Alles war wie immer. Auch dies, dass er sich einen „Trottel" nannte, nachdem er das Hindernis der Schranke endlich überwunden hatte.

DER ZAUN

Manchmal entstand bei ihm der Eindruck, als ob selbst die Tiere diesen Teil des Waldes verlassen hätten. Der Waldweg sah immer unbetretener aus, fand er. An manchen Stellen lagen die Tannenzapfen in richtigen Haufen, so dass er durch sie hindurchwatete wie durch seichtes Wasser an einem Meeresstrand. Eine unnatürliche Stille lag über allem. Selbst das obligatorische Vogelgezwitscher fehlte. Dachte er zunächst, aber dann hörte er es doch. „Siehst du, wie du dir manche Dinge einfach einbildest? Jag dich doch nicht selbst ins Bockshorn, alter Depp!" Nachdem er sich diesen Satz zugesagt hatte, ging alles leichter.
Bis er dann zum Zaun kam. Eigentlich war alles wie immer. Der Urwald war dichter geworden, aber das war keine Überraschung. Wenn man die Natur einfach machen lässt, breitet sie sich uferlos aus.
„Du kannst umdrehen, sie sind nicht da", dachte er. Nackt hin oder her, die Weiber hätten sich ihren Weg durch diesen Urwald bahnen müssen und dabei Schneisen gezogen. Abgeknickte Äste, niedergetrampelte Blumen, irgend so etwas in der Art. Doch das blühende Wirrwarr wirkte, als sei es seit unzähligen Jahren nicht gestört worden.
Laforce sah, das jemand das Loch im Zaun erweitert hatte. Jetzt bot es einen bequemen Zugang. Er schlug sich an die Stirn, weil er selbst nicht auf die Idee der Locherweiterung gekommen war, sondern immer wie ein Kleinkind ins Innere gekrabbelt war. So müsste er nur die Knie etwas beugen und den Kopf einziehen, wenn er denn durch die Öffnung hineingewollt hätte.
„Respekt", flüsterte er anerkennend. „Wer auch immer du bist, ich trinke im Stier einen auf dich und das nächste Mal folge ich deinem Beispiel gleich, als mich weiß Gott wie zu verrenken."

Laforce machte sich auf den Rückweg und überlegte, was er mit dem Rest des Sonntags anfangen sollte. Dass er im Grunde froh über die Abwesenheit der geballten Weiblichkeit war, verbarg er vor sich, weil sie ihn doch in erster Linie aus dem Bett getrieben hatten, ergo war es doch blöd, dass er das Bad auch im Falle ihrer Anwesenheit nicht betreten hätte. Damit war er offiziell ein größerer Depp als der Diedrich Wollewein.
Laforce lachte über sich selbst. „Du bist doch echt eine Vollmimose, das darfst du niemandem je erzählen, du Megaangsthase!"
Angst war das richtige Stichwort. Nach wenigen Schritten verstand er, dass ihn das erweiterte Loch im Zaun ängstigte. Es gab keinen Grund, keinen offensichtlichen jedenfalls, die Wildnis

im Bad sprach für sich.

„Da ist niemand und war wahrscheinlich schon lange keiner mehr. Warum also klopft dir das Herz bis zum Hals, als hättest du das Alien-Monster gesehen?" Er blieb stehen und sah zum Bad zurück, als könne er dadurch besser verstehen.

Die Worte „Kai Kümmerle", „Ertrunken", „Schnittwunden" und „Schreckliche Male" tauchten auf, sie hafteten an dem Ort wie Kleister.

„Ist schon recht, ich komme dem verfluchten Bad nie wieder zu nahe!" Er flüsterte die Worte, als befürchte er ungewollte Aufmerksamkeit, denn es war noch weit bis zum Fahrzeug.

Er lief mit beschleunigten Schritten los; Laforce wollte jetzt nur noch so schnell es ging ins Auto und den Ort weit hinter sich lassen.

Kurz darauf schien es ihm, als höre er das typische Geräusch des Zaunes. Es war dieses Zwischending zwischen einem Klirren und Rasseln, das nur ein Zaun jener Bauart hervor brachte. Kurz fuhr es ihm durch Mark und Bein. Der Augenblick verging schnell. „Du täuscht dich, da war nix, höchstens der Wind, der durch ihn fuhr oder ein Tannenzapfen, der dagegen fiel." Dass es ein Tag war, an dem der Wind ruhte und ein Tannenzapfen keinen Zaun lautstark zum Erklingen brachte, blendete er aus.

Er war ein Meister im Ausblenden von Offensichtlichem. Dies hatte oft keinen praktischen Nutzen, außer dem, dass er es als lebenserleichternd empfand. Die Welt ging ihn dann nichts mehr an, weil sie ihn – in sein eigenes Reich zurückgezogen – nicht erreichte.

Wenn die Welt dann einmal seine Schutzmauern überwand, war die Überraschung groß und das Gejammer ebenso. Denn es war für ihn nie etwas Gutes dabei heraus gekommen, sondern immer nur Peinliches, gepaart mit schlechten Dingen, die Laforce noch mehr in die Zuflucht seiner Wohnung trieben.

Er spürte den Blick auf seinem Rücken so deutlich, dass er gar nicht erst von einer Täuschung ausging. „Wie kann es sein?" Diese vier Worte beschrieben die übernatürliche Furcht, die ihn befiel. Denn die Bilder des unberührten Dschungels waren frisch, eine Täuschung ausgeschlossen.

„Sie müssen geflogen sein", dachte er und verwarf den Gedanken gleich. Hier ging nichts Übernatürliches vonstatten, man hatte ihn nur geschickt in Sicherheit gewogen. „Sie sind im Gras auf der Lauer gelegen, ohne, dass du sie gesehen hast", dachte er im höchsten Maß verwundert. Gott alleine wusste, wie lange sie schon auf ihn gewartet und warum sie ihm in erster Linie heute aufgelauert hatten. Ob sie ihn von daheim an verfolgt oder es einfach darauf angelegt hatten?

Laforce wusste unbesehen, dass es mehrere waren, obwohl keiner rief oder johlte oder sich anderweitig verbal äußerte; der ganze Wald war von dem Geräusch von Fußtritten erfüllt und das erklärte, dass er von einer Gruppe verfolgt wurde.

Er fragte sich, ob es die Mädels waren und ob sie nackig waren. Auf eine seltsame Weise fand er sie Vorstellung, von einer Horde nackter Weiber getrieben zu werden, richtig schlimm. Er assoziierte sie mit Raubtieren, die ihre Beute nicht aus dem Blick ließen, weil sie sie reißen wollten.

Laforce rannte. Links und rechts flogen die Bäume vorbei. Er nahm sie als grüne Wände wahr, als ob er in einer Bahn um sein Leben liefe.

Wände schützten, engten aber auch ein. Für Laforce zählte Ersteres, denn es wäre ihm im Leben nicht in den Sinn gekommen, den Weg zu verlassen. Es wusste doch jeder (zumindest, wenn er Akte X Fan war), dass das Schlechte immer im Unterholz lauerte.

Und weil er sich stur an seine eigenen Vorgaben hielt, geschah ihm auch nichts. Sie mochten auf ihn gelauert und ihn völlig unbedarft überrascht haben, seine Flucht verhinderten sie nicht. Dick Laforce konnte schnell und ausdauernd rennen, wenn es die Situation denn erforderte.

Er war aber kein Perpetuum Mobile und er wusste, dass er das Tempo nur unter Aufbietung der letzten Kräfte bis zum Schluss halten konnte.

Dafür brauchte er Hilfe in Form einer Wegmarkierung. Sie war Gold wert, weil sie bei der Mobilisierung der letzten Kraftreserven half.

Auf dem ganzen Weg von der Badeanstalt bis zum Auto gab es nur eine Markierung. Laforce sah die Schranke, als sei sie in ein himmlisches Licht getaucht und frohlockte schon. Hinter dem Balken war er in Sicherheit, denn jenseits wartete die normale Welt; das einzelne Fahrzeug, das gemächlich vorbei fuhr, wirkte wie eine Bestätigung.

„Du bist gleich da!", dachte er voller Freude und mit dem Gedanken legte er einen Zahn zu. Es geschah auf den letzten Metern. Auf einmal hielten die grünen Wände nicht mehr dicht. Der Weg, den er nie verlassen hatte, weil ihn das Schlechte mied, war ihm plötzlich versperrt. Sie verdeckten die Schranke, seine geheiligte Wegmarke, völlig. Laforce gehörte zwar nicht zu den hellsten Köpfen des Planeten, an Reaktionsschnelligkeit überbot ihn dafür niemand. Im selben Augenblick, in dem sie ihm in den Weg traten, schlug er sich nach rechts ins Unterholz. Abseits des Weges war er zum Krachmachen verdammt. Die unzähligen Blätter und das überall liegende tote Holz lieferten den Soundtrack zu seiner Flucht.

Der ganze Wald, so schien es, war voller Lärm. Überall raschelte und knackte es, dass sich Laforce allmählich wie ein Karnickel vor kam, dass bei einer Treibjagd ins Visier der Jäger gekommen war. Er hätte sich am liebsten versteckt, aber das war ausgeschlossen, die Zeit gewährte man ihm nicht.

„Es kann nicht weit bis zur Straße sein", murmelte er, als könnten ihm die geflüsterten Worte mehr Mut machen, als die gedachten. Immerhin ließ sich das Auto per Funk öffnen. Mit dem richtigen Timing (Scheiß auf den kalten Motor, ab mit Vollgas durch die Walachei!) kam er aus der ganzen Kloake raus. Sie könnten natürlich sein Auto umstellt haben, aber dann würde er eben wie ein Stier angerannt kommen und die Mauer durchbrechen. In seiner Phantasie ging das. Die Wirklichkeit war etwas anderes, das sah er schon ein. Doch in der Not fraß der Teufel Fliegen und würde er, Dick Laforce, zum menschlichen Bulldozer. Lass die Wut nur noch etwas hoch kochen, dann …

Auf einmal waren sie da. Links und rechts, vorne und wahrscheinlich auch hinten. Die Kakophonie der Geräusche hatte eine Ortung unmöglich gemacht. Und deshalb hatten sie ihn jetzt in der Zwickmühle.

„Du bist ein Bulle, du kannst es ihnen zeigen!", dachte er und brüllte so laut und intensiv, dass er von sich selbst beeindruckt war. „Da, du hast es ihnen gezeigt!", dachte er, als ihn ein plötzlicher Schmerz vom Schädel abwärts heimsuchte, der abrupt abbrach. Er sank zu Boden und wusste von nichts mehr.

Der Geschmack von Erde. Als sei er wieder einmal auf Sauftour unterwegs gewesen. War er das? „Nein", dachte er. Die Gedanken gingen zwar durcheinander und alles war unklar, doch was den Stammtisch betraf, kannte er keine Zweifel. Laforce wusste immer, wann ein Kater von einem Stammtischgelage stammte. Was das betraf war es, als sei ein Gen in ihn eingebaut, das rein auf Saufgelage des Stammtisches programmiert war.

Außerdem war da dieses vage Gefühl, dass es der falsche Wochentag war. Montag, Dienstag, Mittwoch … Laforce konnte nicht sagen, welcher Tag es außer Freitag war. Der Freitag war der Tag der Kopfschmerzen und des schalen Geschmacks im Mund. Meistens jedenfalls. Der Freitag war der Tag der Reue, an dem er in vier von fünf Fällen dem Alkohol abschwor. Weil er sich am Donnerstag, dem Tag des Stammtisches, hatte gehen lassen. Wieder einmal. Der letzte Tag der Arbeitswoche war auch der Tag des Grinsens, dann nämlich, wenn die Arbeitskollegen und der Chef ihn blöd angrinsten, weil er aussah, als sei er durch den Fleischwolf gedreht worden.

„Was zur Hölle!" Schwarze Flecken tanzten vor seinen Augen, obwohl er sich nur etwas aufgerichtet hatte.

„Das ist doch nicht normal!" Es lag eine Brise Angst in den Worten, obwohl er nicht recht wusste, wieso. Zugegeben – der Doktor drängte bei jeder Vorsorgeuntersuchung zur Mäßigung.

Leber und Hirn machten das Saufen nicht ewig mit. Doch weil er sechs Tage lang fast nichts soff, sondern nur Donnerstags beim Stammtisch, machte er sich nicht allzu viele Sorgen um seine Organe.

„Du bist ein Hirni!", dachte er. „Liegst daheim im Bett, hast dir zuerst das Licht ausgeschossen, und jetzt machst du dir in die Hosen, weil (du am Sonntagmorgen zum Bad gegangen bist)".

Zack! Plötzlich war er hellwach. Die Erinnerung war jetzt in vollem Umfang zurück. Er war am Sonntagmorgen zum ehemaligen Waldbad aufgebrochen, hatte dort das große Loch im Zaun

entdeckt, war geflohen und hinterrücks niedergeschlagen worden.
Und jetzt war es Nacht!
Wie viele Stunden hatte man ihn einfach liegen lassen? Zehn, elf, zwölf? Der Mond hatte sich am Himmel gemütlich eingenistet, voll und rund und eigentlich schön. Daheim, auf dem Balkon, würde er mit einem Glas Wasser oder vielleicht auch Bier dasitzen und den Trabanten einfach anstarren. „Das ist besser als jede einzelne verdammte Sendung in dem Scheiß Fernseher!" Sätze wie diese kamen bei Diego Ruopp oder Manfred Kusch nicht gut an. Die glotzten wie die Weltmeister jeden möglichen Müll und prahlten mit Vorliebe von ihren ausladenden Geräten. Nur der Donnerstag war für die reale Welt reserviert. Womöglich mussten sich die Brüder vom Stammtisch etwas darauf einbilden.
Hier, im Wald, kam ihm das Licht des Mondes etwas kalt an. Und eine ungewollte Stimme wies ihn darauf hin, dass es der „Wolfsmond" sei. Also der Mond, der aus normalen Menschen, in denen eine zweite, monströse Seele wohnte, reißerische Werwölfe machte.
„Es gibt sie nicht!" Laforce sprach die Worte laut aus, so als müsse er sich damit selbst überzeugen. Der Verstand wusste es natürlich und gab nichts auf Filme, Bücher oder Musikstücke, die sich mit dem Loup Garrou auseinander setzten. Der Verstand wusste, dass er ein Produkt alter Schauermärchen war, entstanden in Zeiten, als es keine Straßenbeleuchtungen gegeben hatte und die Welt im Dunkel versunken war, sobald die Nacht herein gebrochen war. Und wenn dann ein Mensch einem ausgehungerten Wolfsrudel zum Opfer gefallen war, hatten die Legenden des Menschenwolfes starken Auftrieb erhalten.
Inzwischen gab es Straßenbeleuchtungen (wenn auch nicht im Wald) und hatte die Wissenschaft darüber aufgeklärt, dass es Nachtschattengewächse wie Werwölfe oder Zombies oder Vampire nicht gab.
Der Verstand wusste all dies. Der Geist jedoch ließ sich von Phantasien gelegentlich in die irre führen. Und das war die eigentliche Crux.
Laforce, der im Besitz einer LP von Michael Jackson mit dem Titel „Thriller" war, hatte sich auch das Video zum Titelsong zugelegt. Regie: John Landis. Die Stimme aus dem Off, die dem arglosen Zuschauer den Horror des Thrillers erklärte: Vincent Price. Der nette liebe Jüngling, der seine Angebetete ins Niemandsland führte, wo ihm dann der Sprit ausging und er sich in einen Werwolf (mit gelben Augen!) verwandelte: Michael Jackson höchstpersönlich. Der dann auch noch zum Zombie wurde.
Das Ganze erzeugte einen angenehmen Grusel, wenn man daheim im Sessel saß und die vier Wände die Außenwelt draußen ließen.
Im Wald dagegen …
Etwas irritierte ihn. Irgendetwas, das nicht recht ins Bild passte. Es entzog sich ihm, tanzte ständig am Rande der Erinnerung und des Verstehens.
„Du musst dich aufrichten, dann wirst du es schon sehen, du fauler Esel!" Warum er sich

manchmal selbst das Offensichtliche beibringen musste, entzog sich seiner Kenntnis. Jedenfalls kam es immer wieder vor, dass er das Naheliegende erst dann tat, wenn er sich selbst darauf hinwies.

Sobald er stand – unter Ächzen und Stöhnen, weil es überall zwickte und stach, als hätte man ihn in eine Presse gelegt – wurde alles klar und er wünschte sich umgehend die Ignoranz zurück.

„Die wird nicht kommen und du musst das Beste aus dieser Situation machen!" Dieses eine Mal schritt er sofort zur Tat. Der Ort machte ihm Angst, die Tatsache, dass sie ihn hierher gebracht hatten, noch viel mehr. Es war ein Statement, so viel war ihm klar. Wahrscheinlich hatten sie ihn doch beim Spannen gesehen und nahmen es persönlich. Womöglich hatte Kai Kümmerle denselben Fehler begangen und jeder kannte das Resultat. Laforce glaubte den Gerüchten mehr denn je. Hier, im alten Waldbad, das in einem Meer aus Licht und Schatten lag, machten die Gerüchte mit ihren wilden Theorien ungleich mehr Sinn als die einfache Ertrunkenheitsgeschichte.

Die Frage war, wo sie sich versteckt hielten. Sie konnten überall sein. Vielleicht ließen sie ihn bis zum Zaun kommen, nur um ihn aus dem Hinterhalt erneut niederzustrecken. Selbstverständlich würden sie ihn nicht einfach weglassen. Wenn sie ihm wohlgesonnen waren, ließen sie ihn mit dem Schrecken davon kommen. Mit etwas Glück hatte Kümmerles Schicksal nichts mit dem hier zu tun.

Sie konnten ihm nicht ernsthaft böse sein. Was hatte er denn gemacht? Nichts, also nichts richtig Unanständiges.

Laforce schöpfte Hoffnung und bewegte sich in Richtung Ausgang. Die Aussicht, in der Dunkelheit durch den Wald gehen zu müssen, schmeckte ihm nicht, aber es war ein kleines Übel, das er in Kauf nahm, wenn sie ihn in Frieden ziehen ließen.

Er glaubte daran, weil er seine Lektion gelernt hatte und das war doch wohl für alle offensichtlich. Es gab also keinen Grund, ihn länger zu drangsalieren.

In weniger als einer halben Stunde war der Spuk vorbei und er würde dem Waldbad nie mehr näher als drei Kilometer kommen. Ach was, er würde den kompletten Wald meiden. „Ihr werdet mich nie wieder sehen", sagte er halblaut und mit einem Lächeln, das seine Erleichterung widerspiegelte. „Das Bad gehört für alle Zeiten euch ganz allein." Im Geiste sah er die Anerkennung auf den Gesichtern der Frauen und wie er ihrem Gedächtnis gleich entschwand. Er war ein Ärgernis, das sie mit drastischen und doch nicht-tödlichen Mitteln beseitigt hatten und jetzt konnten sie sich gegenseitig auf die Schultern klopfen.

Oben angelangt sah er die reglose Gestalt im fahlen Licht des Mondes; sie war so drapiert worden, dass er sie nicht übersehen konnte. Laforce war so schockiert, dass er einnässte. Auf einmal stand im Raum, dass sie ihn doch nicht einfach ziehen lassen wollten.

Laforce sah sich um. Der Mond schien hell genug, um Dinge erkennen zu lassen. Das dichte

Gestrüpp wirkte, als sei es unberührt, dabei hatten sie ihn doch zurückgeschleift. Als sei Hexerei im Spiel, einfache, dubiose, bösartige Hexenkunst. Wahrscheinlich warteten sie erneut im Dickicht, bereit, ihm zu folgen, sobald er einige Schritte auf dem Waldweg gegangen war.

„Euch werde ich gerade noch den Gefallen tun!", dachte er zornig. Er suchte den Boden nach Dingen ab, die als Waffe einsetzbar waren. Er fand einen etwa faustgroßen Stein, den er in die rechte Hand nahm.

Aber plötzlich entstand ein neuer Gedanke, der ihm die Hoffnung gab, dass es doch nicht auf eine Konfrontation hinauslaufen müsse. „Was, wenn es nur eine Puppe ist? Die soll mich den heiligen Schrecken lehren, damit ich auch wirklich nie wieder zurückkomme."

Er dachte, dass es so sein müsse und er applaudierte im Inneren. Es war eine gelungene Performance, das Sahnehäubchen, und der kleine Laforce würde sich jetzt aus dem Staub machen.

Bei der Gestalt angekommen verstand er, dass sie ihn nicht nur schocken wollten, sondern dass sie es Ernst meinten.

„Das ist Gerda Stiehl!", dachte er. Jeder im Umkreis von zwanzig Kilometern kannte sie. Sie war verschrieen. Man nannte sie „Das Loch", weil sie sich jedem hingab, der bei drei nicht auf den Bäumen war und die zuweilen auch mit Frauen Vorlieb nahm, wenn kein Mann zu haben war.

Er träumte beinahe jede Nacht von ihr. Wie sie ihn in einen Heuschober zog, es auf dem Rücksitz des Wagens hemmungslos mit ihm trieb, sogar bei ihm einstieg, um ihn kaputt zu bumsen.

Es waren Phantasien, denn in Wirklichkeit war er immer vor ihr geflüchtet. Weil sie ihn eingeschüchtert hatte mit ihrem wahnsinnigen Sexhunger. Sie hatte ihm gar Angst gemacht mit ihrer ständig feuchten Möse, die eine Unzahl an Schwänzen hatte passieren lassen.

Es war das erste Mal, dass er sie nackt sah. Die Ansicht des Busens – voll und rund und schön, wie der Mond – und der berüchtigten Möse ließen den Schwanz in die Höhe schnellen. Laforce schämte sich für diese Reaktion. Er kannte den Begriff „Nekrophilie" nicht, aber er wusste, dass es unanständig war, auf Tote geil zu sein.

Die Todesursache war klar ersichtlich. Mehrere blutige Spuren zogen sich über ihren Bauch. Sie reichten von Hüfte zu Hüfte. Jemand hatte sie mit (Klauen) Messern bearbeitet. Zugerichtet. Er glaubte, urteilen zu können, dass sie noch einige Zeit gelebt hatte, ehe der Tod sie endlich erlöst hatte.

Laforce rannte. Das Loch im Zaun fand er blind. Sie ließen ihn gehen. Das kannte er schon. Sie hatten ihn an diesem Tag schon einmal gejagt. Womöglich hatten sie, um sicher zugehen, das Auto entfernt. Höchstwahrscheinlich hatten sie das getan. Fuhr jemand vorbei, der das Fahrzeug kannte, wurde der sicherlich skeptisch, wenn es den ganzen Tag dort stand.

Laforce schlug sich in den Wald. Scheiß auf Akte X! Scheiß auf den Waldboden! Die einzige

Rettung lag in der Krone eines Baumes. Er nahm den Nächstbesten, damit er nur marginal auffiel und sie ihn nicht so leicht orten konnten.
Er hatte das Glück des Verzweifelten. Die Äste reichten weit hinab und waren stark genug. So kam er schnell nach oben, wo er sich dann sicher aufgehoben fühlte. „Rennt ihr ruhig überall herum", dachte er, „und sucht euch tot, ihr dummen Wichser!"
Doch wenn sie nach ihm suchten, dann in aller Stille. Nichts störte die heimelige Ruhe des Waldes, außer den sonst üblichen Geräuschen. „Ihr wollt mich wohl in Sicherheit wiegen, aber da habt ihr euch getäuscht!" Laforce würde seinen Posten nicht verlassen. Nicht jedenfalls, bevor der neue Tag angebrochen war.
Die Aussicht brachte Assoziationen mit sich. Laforce war nicht belesen. Lieblingsautoren hatte er nicht. Doch es gab einen Schriftsteller, von dem er zwei Bücher gelesen hatte. „ES" und eine Sammlung von Kurzgeschichten. Stephen King schrieb gut und mit Vorliebe Horrorgeschichten.
Eine diese Kurzgeschichten hieß „Das Floß". Dieses lag auf einem verlassenen See und wurde von einem seltsamen Fleck belagert, der jeden, der sich ins Wasser wagte, verschlang. Vier junge Leute gingen ins Wasser, einer, der nicht verschlungen wurde, wartete die ganze Nacht auf Hilfe, die aber nicht kam.
Laforce schüttelte den Gedanken ab. „Das wird mir nicht passieren!", dachte er. Notfalls würde er eben doch rennen. Oder sich vielleicht einer hierher verirren, der ihm helfen konnte. Irgendetwas würde sich schon für ihn auftun. Das Glück war mit den Gerechten.
Während dieser behagliche Gedanke langsam ausklang, hörte er das Geräusch des Zauns. „Ja, kommt nur! Ihr könnt euch den Arsch absuchen, mich werdet ihr nicht noch einmal überrumpeln!" Laforce fühlte sich so sicher in seinem Versteck, dass er versucht war, die Worte laut in den Wald hinaus zu posaunen. Auf einmal war er der Held, dem nichts geschah. Gerda „Das Loch" Stiehl lag nackt und tot jenseits des Zauns. Er, Dick Laforce, saß angezogen und sicher auf seinem Baum. Und die Idioten suchten sich einen Wolf.
Es dauerte, bis er seinen Irrtum bemerkte, weil sich das Unheil nur ganz leise ankündigte. So blieb vieles von dem, was er hörte, vage.
Nachdem das Klirren des Zauns verklungen war, dachte er, das typische Geräusch von Hundepfoten auf dem Waldweg wahrzunehmen. „Oha, sie haben sich Verstärkung geholt, aber das wird ihnen auch nichts nützen", dachte er voller Schadenfreude. Vielleicht würde das Tier seine Spur riechen, danach würden sie aber alle blöd aus der Wäsche schauen, weil er praktisch unauffindbar war. Laforce fühlte sich weit oben im Baum der Welt entrückt.
Etwas raschelte durch das Laub des Waldbodens. Der Hund schien seine Spur auch ins Unterholz aufgenommen zu haben, aber was brachte das den Häschern, die keine Röntgenaugen hatten? „Du bist Achilles und hast eine intakte Ferse. Du bist der Gewinner, sie die Verlierer."
Laforce lächelte selig. Sein Triumph hatte nur den kleinen Schönheitsfehler, dass er die langen

Gesichter seiner Widersacher nicht sah. Damit konnte er aber gut leben.
Das Rascheln schien genau unterhalb seines Baumes aufzuhören. „Jetzt werden sie vielleicht mit ihren Taschenlampen nach oben leuchten, nichts sehen und den Hund auffordern, weiter zu suchen", dachte er. „Sie werden ihm die Leviten lesen, weil er einem Eichhörnchen nachgegangen ist. Der Hund wird sich denken, dass die Menschen schön blöd seien und ihnen den Gefallen tun. Damit wird er sie fortführen und ich hab meine Ruhe."
Jetzt, wo er die Geschichte spann, fiel ihm auf, dass keine Lichtpunkte tanzten. Wo blieben die Taschenlampen? Die Arschlöcher wollten doch nicht allen Ernstes im Dunkeln durch das Unterholz gehen?
Laforce fand das merkwürdig, aber dann, alles an der Geschichte – an diesem Tag – war außer der Reihe. „Bloß gut, dass das bald ein Ende hat!" Wobei „bald" relativ war. Er konnte beim besten Willen nicht feststellen, wie weit die Nacht vorgedrungen war und wie viele Stunden er in der Baumkrone zu verbringen hatte, ehe er sich nach unten wagen konnte.
Der Baumstamm zitterte, als klettere jemand nach oben. Er nahm feine Kratzgeräusche wahr, wie von Ameisen, oder Käfern, oder Maden, die den Baum unermüdlich beackerten.
Der Geruch fauligen Fleisches, der intensiver wurde, gesellte sich dazu.
„Was zum …"
Laforce sah nach unten und verstand augenblicklich, dass er einer Illusion verfallen war. Er hatte geglaubt, allem entrückt und damit sicher zu sein, in Wahrheit saß er in der Falle. „Du bist zu spät aufgewacht!", dachte er und nässte ein.
Feindselige Augen stachen gelb aus dem Dunkel hervor; sie waren so absolut andersartig, dass er vom Rest des Wesens nichts sehen musste um zu wissen, dass es kein Handeln geben würde.
Er glaubte, den Täter identifiziert zu haben, der Gerda Stiehl auf dem Gewissen hatte. Die blutigen Spuren auf ihrem Bauch tauchten vor seinem geistigen Auge auf, so klar, so deutlich, als stünde er vor ihr.
„Die Augen sehen aus, als gehörten sie einem Hund!", dachte er. In Wahrheit glaubte er etwas anderes und er korrigierte sich selbst. „Hunde können nicht auf Bäume klettern, also ist das da … irgend ein Vieh, dass so tut, als hätte es mich in seinem Revier erwischt!"
Begegnungen wie diese gingen nie gut aus. „Er wird dich zerfleischen!" Die Bilder der nackten Gerda Stiehl ließen keine Zweifel aufkommen.
Laforce tat das Letzte, das ihm noch blieb. Er trat nach dem Eindringling, doch ohne viel Kraft. Dazu war der Abstand zu gering. Sein Fuß traf. Er fühlte, wie etwas unter seiner Sohle nachgab. Eine Reaktion blieb aber aus.
Laforce trat noch einmal. Dieses Mal fing der andere den Fuß auf, ehe er traf. Die weißen Finger, die ihn umfingen, sahen seltsam aus. Die Zeit reichte noch aus, um dies festzustellen. Weil es menschliche Finger waren, die aber nicht in Nägel endeten, sondern in Klauen.

Dass die Zeit relativ ist, ist kein Geheimnis. Nur die Allerdümmsten begriffen dies nicht. Jedenfalls dehnte sie sich in seinem Fall so lange, dass er diese Feststellungen treffen konnte. Klauen waren an Pfoten befestigt, nicht an Händen. Das fand er äußerst merkwürdig.
Wobei es keine Rolle spielte. Nur Sekunden später drangen seine Schreie durch den Wald. Laut und schrill. Sie vertrieben das Wild, das in großem Abstand vom Tatort von ihnen aufgeschreckt wurde. Kein menschliches Ohr vernahm sie.
Etwas Schweres fiel Minuten später vom Baum und schlug auf dem laubbedeckten Waldboden auf. Eine schwarze Form kam ihm hinterher geklettert. Es packte den leblosen Körper am Bein und zog ihn hinter sich her. Bis zum Zaun und hindurch. Danach lag die Vegetation jenseits des Zaunes wieder ungestört. Als sei nichts gewesen.
Innerhalb von Minuten kamen die Tiere wieder zum Vorschein. Als sei nichts gewesen. Erst die aufkeimende Helligkeit trieb sie zurück in ihre Verstecke.

Bis die ersten Menschen aufgestanden waren, hatte sich das Ding zurückgezogen. Es schlief auf der Stelle ein, selig, dass der Auftrag seiner Meisterinnen erledigt war. Es wusste, dass sie mit ihm zufrieden waren. Und es träumte von dem Töten, nicht einmal, sondern gleich mehrere Male. Und dann drehte es sich zufrieden grunzend um – in Erwartung anderer Aufträge, die ihm von den Meisterinnen schon versprochen waren. Schöner konnte das Leben nicht mehr werden.

MANFRED KUSCH EREIFERT SICH

Manfred Kusch saß mit hochrotem Kopf im Stier. Leere Schnaps- und Biergläser türmten sich wie eine Schutzmauer vor ihm auf. Rosie und der Gastwirt ließen ihn gewähren; der Chef brachte sogar Kartons mit neuen Gläsern daher. Das sah ihm überhaupt nicht ähnlich. Rosie und die anderen Bedienungen brachten volle Gläser an die Tische und die leeren zurück zum Spülen. So lief das im Stier. Ein Gast, der sich dieser Sitte verweigerte, musste sich die Mahnung zur Etikette gefallen lassen. Das Gasthaus gehörte nicht zu den piekfeinen Adressen, auf den normalen Anstand achtete man aber schon.
Manfred Kusch hatte Rosie das Abräumen verweigert und der Chef sein Verständnis geäußert. An diesem Tag war ihm der Verstoß gegen die Etikette gestattet. „Ich möchte nicht herzlos erscheinen", ließ der Chef Rosie wissen. „Es hat ihn schwerer getroffen als alle anderen."
Es war vier Uhr an einem Dienstagnachmittag und Manfred Kusch war so besoffen, dass er nicht mehr recht verstand, was vor sich ging. Weder Rosie noch der Gastwirt hatten ihn jemals jenseits eines Donnerstags im Stier gesehen. Benebelt war er grundsätzlich erst abends, nie am Nachmittag. Auch im Urlaub nicht.
Und doch wunderten sich Rosie und der Wirt nicht. In der Gaststube saßen häufiger Leidende, die mit dem plötzlichen Tod eines nahestehenden Menschen konfrontiert waren. Das Trauern lief dabei recht unterschiedlich ab. Einige zogen sich ins seelische Kämmerlein zurück und schmollten wider die höheren Gewalten, die ihnen das angetan hatten. Andere zündeten Kerzen an und beteten für die armen Seelen der Verstorbenen. Etcetera, etcetera. Manche besoffen sich bis zur Besinnungslosigkeit. Zu denen gehörte Manfred Kusch.
Keiner im Umfeld wollte so unbarmherzig sein und ihm das Saufen verleiden. Der Schock saß tief, bei allen. Dick Laforces Tod war plötzlich über sie gekommen wie ein heftiges Hitzegewitter. Für den Manfred Kusch fühlte es sich so an, als hätte der Blitz in ihn eingeschlagen. Brüllend war er wenige Stunden zuvor in die Gaststube gestürmt: „Wenn ich die Sau erwische, mach ich sie kalt! Er war mein Bruder, mein BRUDER, verdammte Hacke und noch eins!"
Keiner hatte den Leichnam zu Gesicht bekommen, außer der Polizei und den Gerichtsmedizinern. Das alte Waldbad war jetzt offizielles Sperrgebiet. Kein Wort drang nach draußen, um die Ermittlungen nicht zu gefährden.
Die Gerüchte flossen dadurch um so wilder. Und die besagten, dass man Laforce und Gerda „Das Loch" Stiehl einträchtig beieinander liegend gefunden hätte – nackt.
„Na, da kann man sich die Todesursache ja leicht ausmalen!" Der Scherz machte in Lichtgeschwindigkeit die Runde und man lachte trotz des Wissens, dass Witze über Tote tabu waren.

Doch dann kam ein weiteres Gerücht auf und allen verging das Lachen. „Sie haben ausgesehen wie der junge Kümmerle!", flüsterte man sich von Ohr zu Ohr zu.

Das verstärkte den düsteren Ruf der ehemaligen Badeanstalt und brachte jetzt auch die letzten Nichtabergläubischen zu der Überzeugung, dass es besser sei, einen großen Bogen um das alte Waldbad zu machen.

Gerade weil sich niemand in die Nähe des (verfluchten) Geländes traute, fragten sich alle, wer sie denn nun gefunden hätte. Darüber war nichts in Erfahrung zu bringen. Keiner aus dem Ort und den Nachbarorten wollte es gewesen sein. Man sei ja noch bei Verstand, da würde man doch im Leben nicht zu diesem grässlichen Ort gehen! Das dachten alle und manche sprachen es laut aus.

Irgendwann munkelte man – hinter vorgehaltener Hand, weil es doch zu gruselig war – dass der Mörder selbst die Behörden verständigt hätte. Der Mörder, der nun schon drei aus der Umgebung auf dem Gewissen hatte. „Da kann ich ja gleich wieder in die Stadt ziehen, da ist es fast noch sicherer als hier!", hörte man die alte Frau Rubens sagen, die vor vielen Jahren aus Sicherheitsgründen aus der Großstadt aufs Land gezogen war.

Manfred Kusch war die Nachricht vom Tod seines besten Kumpels bei der Arbeit überbracht worden. Da war es gewesen, als hätte man ihm den Boden unter den Füßen weggezogen und er war ohne ein Wort ins Auto gestiegen und in den Stier gegangen. Sehr zum Missfallen seines Bosses, der aber Gnade vor Recht ergehen ließ. „Ich bin ein Mensch aus Fleisch und Blut, mein Herz ist doch nicht aus Stein!", hatte er verlauten lassen und im Anschluss so getan, als hätte Kusch die komplette Stundenzahl gearbeitet.

Um kurz nach halb fünf ging die Türe auf und Banzhaff, Braungart, Ruopp und Kugel kamen herein. Rosie fiel ein Stein vom Herzen. Sie umarmte jeden der vier Kumpels, die die Bierofferte dankend ablehnten. Ihnen war im Moment nicht nach Saufen.

Sie setzten sich in einem Halbkreis um Kusch herum, der ihre Anwesenheit schon nicht mehr richtig mitbekam.

Keiner von den Kumpels sprach ein Wort. Sie starrten auf den Boden oder Kusch an, der nach einigen Minuten leise zu schnarchen anfing.

Als Rosie, der das Schlafgeräusch nicht verborgen geblieben war, anrückte, um die Ansammlung an Gläsern aufzuräumen, nahm Bernie Kugel sie sachte am Arm. „Das hat er alles heute gesoffen?", fragte er.

Sie bestätigte durch Kopfnicken, wohl aus der Furcht heraus, dass sie den Manfred mit Reden aufwecken könnte. Kugel zog daraufhin anerkennend eine Augenbraue nach oben und lehnte sich zurück, um an die Decke zu starren.

Fast eine halbe Stunde dauerte die meditative Stimmung im stillen Stier. Das leise Surren der Spülmaschine, die den Beweis der Kuschschen Sauforgie wegwischte, war noch das Lauteste.

Alles lief darauf hinaus, dass der Nachmittag in dieser trägen Stimmung vergehen solle. Aber dann hatte der Gastwirt doch die Faxen dicke. Er wies Rosie an, die vier Stammtischbrüder nach ihren Getränkewünschen zu fragen. Cola, Wasser, Spezi – egal was, Hauptsache, der Umsatz stieg. Trotz der besonderen Umstände.

Rosie folgte der Anweisung nur zögerlich, denn so richtig war ihr der Auftrag nicht recht. Normalerweise bediente sie die Brüder gerne, doch nicht an diesem Tage. Sie kam sich wie ein Eindringling vor, der sich einfach über den Wunsch nach Ungestörtheit hinweg setzte.

Dementsprechend langsam trat sie auf den Tisch zu, im Kopf verschiedene Gründe durchgehend, warum sie woanders anstelle des Stammtisches sein müsste. Es fand sich aber nichts Plausibles und so musste sie in den sauren Apfel beißen.

Sie hatte den Tisch fast erreicht, da sorgte Kusch selbst dafür, dass ihr die Peinlichkeit erspart blieb. Plötzlich schoss er in die Höhe, als hätte ihn jemand in den Allerwertesten gezwickt und rannte ohne Präambel los. Rosie konnte sich gerade noch in Sicherheit bringen. Er hätte sie einfach umgerannt; ganz offensichtlich musste er dringend wo hin.

Jeder in der Gaststube dachte, dass es das Klo sei, um dort die Unmengen Alkohol loszuwerden. „Vielleicht ist er dann ansprechbar", dachte Ruopp, der seinem Kumpel gerne gesagt hätte, wie leid ihm alles tat. Natürlich war auch er vom Tod des Stammtischbruders betroffen, doch eben nicht so sehr wie Kusch.

Sie warteten auf seine Rückkehr. Doch er blieb lange fort. „Er wird doch nicht auf dem Klo eingeschlafen sein", äußerte Braungart das, was alle dachten.

„Ich schau' mal nach ihm", verkündete Kugel, als Diedrich Wollewein die Gaststube betrat. „Sagt mal, wo will denn der Manfred so schnell hin?", fragte der kopfschüttelnd. „Ich wollte ihm kondolieren, doch er ist einfach weiter gerannt. Mit einer Fahne, ich sag's euch ..."

Weiter kam er nicht. Plötzlich sah er sich von vier Stammtischgesellen umringt. „Wo ist er hingerannt?", fragte Banzhaff, nur Zentimeter von der Nase des anderen entfernt. Er stand absichtlich so nah an Wollewein dran, weil der gerne ins Schwätzen kam und viele kostbare Augenblicke verschwendet waren, wenn man ihm nicht auf die Pelle rückte und ihm die Lust am Schwatzen nahm.

„Die Grabenstraße hoch. Weiter hinten ist er in den Katzenbuckelweg eingebogen."

Nachdem er das gesagt hatte, fand er sich alleine in der Gaststube wieder. Sein Blick haftete noch immer entgeistert an der Türe der Gaststube, als die Rosie vor ihn trat. „Na, magst was trinken?" Und als der Wollewein ein Glas Cola bestellte, freute sich der Gastwirt, dass das Geschäft doch noch ein wenig lief.

Draußen schlugen vier Autotüren zu. Die Stammtischbrüder hatten eine sehr genaue Vorstellung von Kuschs Ziel.

„Da hat er sich was vorgenommen!", erklärte Braungart. „In seinem Suff auch noch!"

„Wirst sehen, Karl, der kommt da ungestürzt hin", sagte Bernie Kugel.

„Haben die das Loch jetzt zugemacht?", Banzhaff wollte ein „Ja" hören, denn wenn es anders war, mussten sie zusehen, dass sie ans Waldbad kamen.

Bernie Kugel enttäuschte ihn. „Ich glaube nicht. Wegen den Ermittlungen."

„Ist doch egal. Die lassen ihn sowieso nicht rein", gab Ruopp voller Zuversicht zu Bedenken. „Wenn er Glück hat, sind sie noch da und hindern ihn. Vielleicht macht er auch ein Mordstheater und sie sperren ihn ein. Alles besser, als dass er da rein stürmt und sich womöglich noch das Genick bricht!"

Nachdem Banzhaff gesprochen hatte, herrschte erst einmal Stille im Auto. Sie hielt bis zur offenen Schranke vor. Als Ruopp den Wagen hindurch steuerte, war's vorbei mit der Sprachlosigkeit.

„Du weißt wohl, dass du nachher alles rückwärts fahren musst!", mahnte Bernie Kugel.

„Ach was, ich dreh' dort auf dem Parkplatz um!", konterte Siegfried Ruopp.

„Sie werden dich vorher anhalten. Die offene Schranke bedeutet, dass sie immer noch da sind."

„Was du nicht sagst, Karl!"

Banzhaff öffnete das Fenster und streckte den Kopf etwas hinaus.

„Hörst du schon was?", brüllte Braungart, als gelte es, gegen den Turbinenlärm eines Flugzeugs anzukämpfen.

„Nicht, wenn du brüllst wie der Bulle vom Kohlenbauer!", erklärte Banzhaff unwirsch. Danach hörte man für eine Weile nur das leise Summen des Motors und das Knirschen unter den Rädern.

Dann drang plötzlich ein anderes Geräusch zu ihnen herein. „Mann, wie ist er nur so schnell zum Waldbad gekommen?", fragte Ruopp voller Bewunderung.

Wenig später stießen sie auf das erste Dienstfahrzeug. Ruopp parkte den Wagen dahinter. Als sie ausstiegen und in Richtung Waldbad gingen, verschlug es ihnen fast die Sprache. „So viele Polizeiautos hab' ich meinen Lebtag noch nicht auf einem Haufen gesehen", erklärte Braungart. „Da wirst du nachher doch alles rückwärts fahren müssen, Diego."

„Lass das mal meine Sorge sein!", brummte der. Dann hatten sie den Pulk von Beamten erreicht. Sie standen alle um einen einzelnen Mann herum, dessen hochroter Kopf weit durch das dunkle Grün schien, und griffen nicht zu, obwohl sie in der klaren Überzahl waren und der Mann sie heftigst beleidigte.

„Saubande, elendige! Unfähiges Pack, der Mörder schreitet munter durch die Welt und ihr steht hier wie die Ölgötzen herum, als hättet ihr nix zu tun!"

Einzig wenn er sich dem Loch näherte, hinderten sie ihn. Ansonsten schienen sie immun gegen seinen widerwärtigen Wortschwall zu sein. Banzhaff bewunderte sie dafür und schämte sich gleichzeitig seines Kumpels, der sicherlich vor Scham im Boden versank, wenn man ihn in nüchternem Zustand mit seinem momentanen Verhalten konfrontierte. Jetzt galt es erst einmal, ihn vor einer großen Dummheit zu bewahren.

„Manfred, lass die Polizisten. Sie können nichts für Dicks Tod. Ganz im Gegenteil, lass sie mal fein ihre Arbeit machen, dann werden sie den Mörder schon schnappen."

Das einzige Zeichen, dass er die Ansprache registriert hatte, war ein kurzes Innehalten. Dann gingen die Beschimpfungen weiter.

„Eine feine Staatsmacht seid ihr! Kann man sich gleich einen Bunker bauen und darin verstecken, weil man von euch lausigen Affenbrüdern ja doch nicht geschützt wird! Lasst euch von linken Radaubrüdern auf dem Kopf herumtanzen, schaut zu, wie uns die osteuropäischen Scheißer überrennen und noch das letzte Hemd aus der Unterhose klauen, schaut fein zu, dass denen nix passiert, aber uns, uns lasst ihr fein im Stich, ihr ..."

Auf einmal machte Bernhard Kugel dem Treiben ein Ende. Er hatte sich das Wüten des Saufkumpanen so lange angeschaut, bis er die feinen Linien auf der Stirn mancher Beamter entdeckt hatte; da beschloss er, den Manfred keine weitere Beleidigung ausstoßen zu lassen. Ein kurzer Griff nur, in James Bond Manier angebracht, und der Wüterich sank in sich zusammen. Die Stammtischbrüder sammelten den Kumpanen wortlos ein und verabschiedeten sich stumm nickend von der Obrigkeit, die mit ihren Ermittlungen weitermachte, als sei keine Unterbrechung gewesen.

Sie brachten Manfred Kusch zum Bernhard Kugel, weil sie es für unverantwortbar hielten, ihn alleine zu lassen; Frau Kugel war tolerant genug, ihn aufzunehmen; sie kannte das schon, von früheren heftigen Saufereignissen und nahm es mit Humor. Sie freue sich schon aufs Servieren des Katerfrühstücks für den werten Herrn Kollegen, sagte sie lächelnd und verabschiedete die anderen damit.

Ob sie ihm von seinem Wüten erzählen, oder ob ihn alle im Ungewissen lassen würden, wussten sie zu dem Zeitpunkt noch nicht.

„Es kommt auf die Situation an", erklärte Karl Braungart, kurz nachdem sie ihn abgesetzt hatten, „vielleicht können wir ihm die Peinlichkeit ersparen, oder es geschieht etwas und wir müssen es ihm sagen."

„Solange die Polizisten Stillschweigen bewahren und ihn nicht angehen deswegen, kann man ihn ruhig im Ungewissen lassen", sagte Siegfried Ruopp.

Banzhaff hielt sich gänzlich raus und setzte seine Hoffnung auf eine traumlose Nacht, weil sich die Träume für die kommenden Nächte vorhersagen ließen. Auf den Einsatz von Schlafmitteln verzichtete er liebend gerne, auch wenn die gute Traumverhinderer waren. „Es muss doch auch ohne Chemie gehen!", dachte er, hielt aber für die Not ein kleines Päckchen Schlafpillen in seinem Nachtschränkchen bereit. „Erst der Rossenegger, dann der Laforce, jetzt noch das Theater mit dem Manfred – auf all´ den Scheiß kann ich getrost verzichten!"

Mit dem Gedanken legte er sich neben seine sanft schnarchende Gattin und griff drei Stunden später, nach einer Irrfahrt durch die seltsamsten Traumlabyrinthe, die er je durchschritten hatte, zu der schmalen Schachtel mit den Schlaftabletten, damit er am nächsten Morgen nicht etwa auch noch so austickte wie der Manfred am Zaunloch des alten Waldbades. „Es reicht, wenn die Beamten einen auf dem Kieker haben!", flüsterte er und fiel dann in einen Schlaf ohne Bilder.

STEILHÄNGE (EIN INTERMEZZO)

Der Himmel über den Bergen lieferte einmal mehr ein Schauspiel, das den Touristen die Tränen in die Augen trieb. Die Sonne ging in einem Farbenrausch unter, an dem sich die temporären Bewohner – zum Teil sehr weit angereiste Gäste – einfach nicht sattsehen konnten. Der Übergang von Gelb zu Orange und Rot war so intensiv, dass es dem Beobachter erschien, als hätte Gott einen neuen Farbkasten erhalten, mit Farben, die eine derartige Klarheit besaßen, dass es einem die Sprache verschlug. Es war ein Anblick, den niemand so schnell vergaß, und der jeden, der unterwegs war, zum Innehalten bewog.

Karin Altmeyer hielt auch inne, obwohl sie das Schauspiel als waschechte Einheimische schon oft genossen hatte. Manchmal war es ihr einfach, als sähe sie es zum ersten Mal und sie nahm das Bild in ihrem Herzen auf – als einen Fingerzeig. Der Wetterbericht und das Omen versprachen eine sternenklare Nacht, vom Mond nur marginal gestört. „Wenn's so kommt, mir soll's recht sein", flüsterte sie, als die einsame Hütte in ihrem Blickfeld auftauchte.
Die gute Stimmung sank etwas, weil keine Langlaufski im Schnee steckten. „Das kann jetzt aber nicht wahr sein!", dachte sie, fuhr das letzte Stück zur Hütte hin, schnallte die Ski ab, steckte sie in den tiefen Schnee ein und betrat das hölzerne Gebäude.
Gähnend leer war sie, nicht ein Gast, der seine müden Glieder ausstreckte. Das war um diese Uhrzeit keine Überraschung, zudem die Ferien vorbei waren und die wenigen Touristen längst in ihren eigentlichen Übernachtungslokalitäten waren. Aus diesem Grund hatte Svenja sie um diese Uhrzeit zur Wanderhütte gebeten. „Ich bin doch sehr auf dein Geheimnis gespannt!", flüsterte Karin. Die besondere Vorsicht, dieses Treffen weit abseits neugieriger Ohren, ließ nur den Schluss zu, dass die Freundin eine sehr gewichtige Information für sie hatte, von der die Leute des Dorfes nichts wissen durften. Deshalb hatte sie sie ja zu dieser späten Stunde an diesen Ort bestellt, weil dann ganz sicher außer ihnen niemand anwesend war.
Das war gut und schön, aber es bedeutete einen nächtlichen Talgang, der nur zu machen war, wenn man sich bestens auskannte.
Sie hatte nichts gegen eine Sternenabfahrt einzuwenden, doch ganz wohl war ihr nicht dabei. Lieber wäre sie in dem Panorama des wunderbaren Bergschauspiels hinab gefahren, denn auch erfahrene Langläufer erging es besser in gutem Licht, weil man in dem kleinen Ausschnitt, den die Stirnlampe in die Dunkelheit zeichnete, leicht Hindernisse übersah oder wenigstens zu spät erkannte.
„Jetzt bin ich auf deinen seltsamen Wunsch eingegangen und du bist nicht da!" Das „Blöde

Kuh" verkniff sie sich. Ihre beste Freundin bedachte sie nicht mit Schimpfnamen, denn sie hielt als eine der Wenigen zu ihr. Karin Altmeyer war nicht besonders angesehen am Ort, obwohl sie nie etwas Negatives angestellt hatte, das Lästern überließ sie auch anderen. Sie trug eine Bürde mit sich, den Namen „Altmeyer". Der war seit jeher (oder, zumindest seit die Familie denken konnte) im Dorf belastet, wodurch, wusste keiner so recht zu sagen.

Fakt war, dass man als Teil dieser Familie nie ganz zur Dorfgemeinschaft gehörte und das schlechte Ansehen nur marginal verbessern konnte. Mehr ging beim besten Willen nicht, so war es halt und damit mussten die Familienmitglieder leben. Es war eigentlich ein Grund zum Umziehen, aber sie waren allesamt in die Berge vernarrt und konnten sich keinen anderen Ort zum Leben vorstellen. Deshalb blieben sie und hielten in der Familie um so enger zusammen. Und weil das Wenige, das man hat, um so dankbarer macht, liebte Karin Svenja Glaßer um so mehr.

Dass die Freundin an einen Ort bestellte und dann selbst nicht auftauchte, war mehr als ungewöhnlich. Es konnte nur den Grund haben, dass sie verhindert war. „Aber dann würde sie mir doch Bescheid geben!", flüsterte Karin und sah im Dämmerlicht gerade noch so den kondensierten Atem davon schweben.

Karin nahm das Smarty, wie sie ihr Smartphone nannte, überprüfte, ob sie eine SMS vielleicht übersehen hätte, aber da war nichts. Also rief sie an, kam aber nur mit der Mailbox der anderen in Berührung. „Ich bin in der Hütte, warte auf dich. Gruß Karin". Nach der Botschaft tippte sie eine SMS mit dem gleichen Text, nur zur Vorsicht. Dann wartete sie.

Innerhalb der ersten halben Stunde ohne eine Antwort dachte sie, dass Svenja wahrscheinlich noch unterwegs sei und deshalb nicht antwortete.

Danach wurde Karin unruhig. Etwas stimmte nicht mit Svenja. „Womöglich hatte sie einen Unfall", sinnierte sie, „oder irgendein Depp hat sie abgefangen."

Beide Szenarien waren möglich, denn im Dorf unten sah man die Freundschaft zwischen den beiden nicht besonders gern. Svenja kam aus einer angesehenen Familie und hatte deshalb viele Freunde, weil sie schon mit Vorschusslorbeeren auf die Welt gekommen war.

Die einsame Hütte, in die sich kaum einmal ein Gast verirrte, war zu allen Jahreszeiten ihr sicherer Treffpunkt. Dort blieben sie ungestört, aber auf dem Weg konnte immer mal etwas geschehen. Die Kerle buhlten um sie wie lauter Schafsböcke um eine einzelne Schafsdame. Manche kannten keine Grenzen in ihren Bemühungen. Meistens machte Svenja derartige Vorstöße schon im Ansatz zunichte, manchmal aber musste sie darauf eingehen, um Karin zu schützen. „Aber eine SMS hast du noch immer geschrieben!", erklärte Karin missmutig.

Nach einer Stunde suchte sie die Furcht vollständig heim. Karin mochte nun auch nicht mehr länger in der Hütte bleiben. Sie erlegte sich trotzdem eine weitere Stunde der Warterei auf.

„Nicht, dass sie nachher angestürzt kommt, meine Hilfe braucht und die Hütte verlassen vorfindet!"

Es war die längste Stunde ihres Lebens. Ständig fiel ihr Blick auf das Smarty, in der Hoffnung, dass vielleicht zehn Minuten seit dem letzten Blick vergangen seien. Doch es waren immer nur höchstens drei Minuten.

Nach einiger Zeit gesellte sich ein unangenehmer Kumpane zu ihr dazu. Die Furcht um den eigenen Leib war es, die es sich in der Hütte gemütlich machte und nicht an einen Abschied dachte. Karin fühlte eine Gänsehaut, die nichts mit der Kälte zu tun hatte. „Es ist weit bis runter ins Dorf", erklärte die Furcht, „selbst wenn du um Hilfe bittest, ist die nicht rechtzeitig da!"

So sehr sie versuchte, den fiesen Gedanken wegzudrücken, es gelang nicht. Er krallte sich in ihr fest, als hätte er besonders starke Widerhaken. Als Folge schlug das Herz immer schneller und trat der Schweiß ihr auf die Stirn, ungeachtet der ungeheizten Hütte.

Als dann ein leises Geräusch die fast absolute Stille unterbrach, schrak Karin so plötzlich hoch, dass sie einen Schluckauf als Resultat davon trug; er war das letzte untrügliche Zeichen, dass die Warterei vorbei war. „Es tut mir Leid, Svenja, flüsterte sie, „aber das hier wird mir jetzt zu viel!" Mit den Worten stürmte sie nach draußen, wo sie die Ski gerade noch so erkannte. Zwei schwarze Striche waren es, die sich irgendwie gegen die etwas hellere Farbe des Schnees abhoben.

Als sie auf sie zu ging, trat sie auf etwas Hartes. Karin wusste gleich, dass es ein einzelner Ski war und ihr Blick ging ganz automatisch nach oben, wo in wenigen Metern die letzten Ausläufer des Waldes standen, als könne sie dort etwas erkennen.

Komisch war ihr zumute, und eigentlich wollte sie nur ihre eigenen Skier anschnallen und dann gleich den Berg hinab sausen. Dennoch musste sie wissen, wie der einzelne Langlaufski aussah und ob irgendwo noch das zweite Exemplar war, weil sich doch nichts rührte und daher die einzige logische Erklärung war, dass jemand seine Langlaufski weiter oben eingesteckt hatte und davongegangen war.

Das zumindest war ihr die liebste Erklärung, so merkwürdig die Vorstellung war, dass jemand in der Nacht die Ski einsteckte und alleine ließ, weil es damit nichts zu fürchten gab. Karin kramte die Stirnlampe aus ihrem Rucksack, schnallte sie um den Kopf und schaltete sie an.

Der Schreck kam gleich und ohne Vorwarnung. Sie kannte den Ski nur zu genau. „Svenja!" Als sie den Kopf hob und nach oben schaute, zog sich ihre Brust ganz eng zusammen. Den zweiten Ski sah sie nicht, dafür aber zwei übergroße Schuhe, wie sie nur …

„Da geht nichts mit rechten Dingen zu!", dachte sie und schnallte die Ski mit klopfendem Herzen an. Noch während die zweite Bindung einschnappte, kam ein Knirschen von oben, das ihr die Furcht ihres Lebens einjagte. Ohne sich umzudrehen jagte sie davon, und hörte, wie das Ding schneller wurde. „Es hat doch Schuhe an, wieso sinkt es nicht ein?"

Sie roch einen fauligen Gestank, der sie an Raubtierkäfige erinnerte. Und sie sah Bilder, von

weit aufgerissenen Mäulern voller Reißzähne, sah Filmszenen aus Afrika, wie sich die Löwen, Geparden und wie sie alle hießen auf die wehrlose Beute stürzten und sie rissen.
„Löwen und Geparden, ha! Ich wünschte, sie wären hinter mir her, sie würden fein erfrieren. Das Ding aber …"
Die Löwen und Geparden verschwanden, an ihre Stelle tauchten Velociraptoren auf. Tonnenschwer und doch irgendwie leichtfüßig, Tänzer auf des Schnees Decke.
Auch sie verschwanden und ein weißes Gesicht erschien, aus dem die gelblichen Augen um so deutlicher hervor stachen. „Piep, piep, Karin. Ich warte nicht mehr länger in der Kanalisation, nein, ich hole dich einfach." Und Pennywise der Clown lachte lauthals, während er mit krallenbewehrten Händen nach ihr griff, die Zähne gefletscht.
„Er wird Erfolg haben, wenn du nicht mit Bedacht vorgehst!", mahnte sie sich selbst in Hinblick auf die weniger freien Strecken. Momentan fuhr sie auf einer Abfahrtstrecke, die hindernisfrei war. Doch weiter unten lauerte schon der Weg durch den Wald, der teilweise technisch anspruchsvoll und bei Nacht manchmal fast unpassierbar war. „Bis dahin musst du ihn abgehängt haben, oder es sieht wahrlich finster für dich aus!"
Etwas flog durch die Luft und schlug knapp neben ihr ein. Karin registrierte es zunächst nicht, aber als die Geschosse immer häufiger kamen, bemerkte sie sie. „Er wirft mit Schneebällen nach mir, ist das denn zu fassen?" Dann kam ein zweiter Gedanke. „Wie um alles in der Welt formt er die nur so schnell?"
Sie schlugen immer näher ein. Es war nicht gut für die Konzentration. Karin merkte die Folgen gleich. Der linke Ski glitt ihr etwas davon und die Kurven, die zu fahren waren, um die Geschwindigkeit zu drosseln, wurden unsauber. „Du wirst auf der Nase landen, wenn du dich weiter so ablenken lässt!" Mit viel Disziplin und eisernem Willen blendete sie die Schneebälle aus und das zahlte sich auch gleich aus. Kein Ski auf Abwegen mehr, keine unsauberen Kurven.
Und doch war das Ding in ihrem Rücken immer noch da, als die freie Strecke endete und die Bäume links und rechts vorbei schossen. Sie hatte es ein wenig abgehängt, aber längst nicht weit genug, um entspannter in die schwierige Passage zu gehen. „Du musst es dir vor Augen führen", erklärte sie sich. „Das Licht kannst du vergessen, also musst du die Strecke auswendig dahersagen können."
Es war kein Hexenwerk. Sie war die Strecke schon unzählige Male gegangen, im Sommer mit dem Fahrrad und im Winter mit den Langlaufski. „Und du musst darauf vertrauen, dass du dich nicht in einer Wurzel verheddern wirst!"

Gleich am Anfang hätte es sie beinahe erwischt. Einer Tanne mit einem beachtlichen Stamm kam sie zu nahe. Sie korrigierte den Fehler in letzter Sekunde. Sie wusste nur zu genau, dass es aus einer Unsicherheit heraus geschehen war. „Wenn du dir nicht selbst vertraust, wirst

du auf die Nase fallen!"
Die Unsicherheit verflog zusehends. Je mehr Kurven sie blind nahm und Hindernisse elegant umkurvte, jeweils nur deshalb, weil sie im Gedächtnis gespeichert waren, desto sicherer wurde sie. Und das Gefühl wuchs, dass sie das Ding abhängen würde.
Und richtig, als die ersten Lichter des Dorfes auftauchten, hörte sie ein leises Grollen, als sei es nur in Watte gepackt.
„Du bist in Sicherheit." Fast ließ sie sich vor Erleichterung in den Schnee sinken. Sie widerstand dem Impuls und fuhr, bis es die Straßenverhältnisse nicht mehr erlaubten. Da schnallte sie die Ski ab und rannte den letzten Weg nach Hause.
Erst, als sie die Tür geschlossen und den Schlüssel mehrfach umgedreht hatte, fühlte sie sich sicher.
Fürs Erste.
„Keine zehn Elefanten bringen mich mehr in die Berge!", dachte sie und fühlte einen stechenden Schmerz in der Brust.
Die Tränen rollten hinab und nässten das ganze Gesicht. Obwohl sie keine Gewissheit hatte, weil Svenja nicht aufgetaucht war, glaubte sie deren Schicksal doch zu kennen.
Das galt auch für das ihrige. Denn wenn sie nicht schwieg und dem Mob von ihrem Erlebnis erzählte, würde man sie steinigen. Selbst ein angesehener Bürger hätte schon Schwierigkeiten, ein Ding wie dieses zu erklären. Was würde man erst mit ihr anstellen, die ja in der untersten Kaste festsaß?
„Dann geht doch alle da hoch und lasst euch fressen!", flüsterte sie und lächelte trotz der hässlichen Umstände zum ersten Mal. Was gab es Schöneres, als der Gedanke daran, dass die Lästerer und Bessersteller allesamt von einem Monster gefressen würden?

Die Träume der nächsten Nächte waren schon festgelegt. Nach der dritten Nacht ging Karin in die Apotheke und besorgte sich ein Schlafmittel, um endlich wieder einmal eine traumlose Nacht zu haben. Die Langlaufski vergrub sie tief im Schuppen, sehr zur Verwunderung der Eltern und Geschwister. „Ihr werdet euch noch mehr wundern!", versprach sie ihnen in Gedanken, während sie nach und nach den Mut sammelte, um mit ihrer Geschichte an die Öffentlichkeit zu gehen. „Oh ja, ihr werdet euch sehr wundern!"

EIN WEITERER BRUDER VERSCHWINDET

Manfred Kusch wusste von nichts. Weder von seinem Ausraster am Waldbad, noch von seinem Gehabe im Stier. Die Polizei ahndete sein Fehlverhalten nicht, die Brüder und selbst Wollewein hielten dicht und schwiegen seine Sturzbesoffenheit tot.

Man saß am Tag der Beerdigung mit den Wenigen, die Gerda Stiehl das letzte Geleit gegeben hatten, im Stier zusammen. Weil man im eigentlichen Heimatort der Verstorbenen nicht gut auf die Verblichene zu sprechen war und auch nichts Gutes über sie zu sagen wusste, verlegten ihre Freunde das Trauern in das hiesige Gasthaus.

„Es hätte ihr gefallen!" Acht Gerda-Stiehl-Betrauerer sprachen dieses Lob unisono aus. Gemeint war das Beieinander im Stier und eigentlich auch die Tatsache, wie sehr der Pfarrer das heikle Treiben der Verstorbenen umschifft hatte. „Da soll einer noch sagen, die Kirche sei nix!" Ein jeder der Anwesenden war bereit, jeden Lästerer in die Schranken zu weisen. Und auch den Pfarrer, der die Trauerfeier für Dick Laforce gehalten hatte, würde man gemeinsam verteidigen.

Eine Kleinigkeit störte das harmonische Miteinander. „Warum ist eigentlich der Müller nicht aufgetaucht?" Braungart war es, der die Frage in den Raum warf – ohne die Absicht, ein Fass aufzumachen.

Manfred Kusch sprang gleich darauf an. „Weil es wohl ein feiner Freund ist!", polterte er. „Hat höhere Pläne, der feine Pinkel! Ein richtiger Kumpel ist er, der Müller!"

„Hör auf, Manfred!", fuhr Banzhaff sofort dazwischen, ehe sich der Stammtischkumpel in Rage reden konnte. „Du weißt, dass er eine Kondition hat, der Müller!"

„Eine Kondition, ja, ja, sehr genau! Hat man keine Lust auf eine Beerdigung zu gehen, hat man eine Kondition. Feine Ausrede ist das, jawohl!"

„Das ist keine Ausrede. Die Sache wird sich bald klären, Manfred. Bis dahin – halt den Ball flach, okay?"

Kusch sah aus, als wolle er explodieren. Rosie, ganz die gute Seele des Stiers, trat von hinten an ihn heran, streichelte ihm sanft über den Rücken, stellte ihm ein frisches Bier vor die Nase und als dritte Maßnahme, flötete sie sanft: „Aber Jungs, ihr wollt doch an einem Tag wie diesem nicht streiten. Trinkt auf Dick und lasst ihn noch einmal hochleben."

Das Rot in Kuschs Gesicht wich so schnell, als hätte jemand einen Stöpsel gezogen. Natürlich blieb er dem Müller gram, doch fürs Erste ließ er das Schimpfen sein und tat das, was Rosie eingefordert hatte.

Exzessiv. Bis zum Ende, auch dann noch, als die anderen längst gegangen waren und Rosie

und der Wirt bereits anfingen, die Stühle auf die Tische zu stellen.
Da wankte er hinaus mit dem Versprechen, die Zeche in den nächsten Tagen zu zahlen, auch wenn der Wirt beteuerte, dass er mit dem Ermitteln der Summe noch etwas brauchen werde.
„Soll ich dich nach Hause fahren, Manfred?", fragte die Rosie, besorgt, dass er vielleicht etwas anstellen könnte. Er hatte getankt wie ein LKW, längst nicht so viel wie an jenem denkwürdigen Tag, als er vom Tode seines besten Freundes erfahren hatte, aber so viel, dass ihm das klare Denken nicht mehr ohne Weiteres möglich war.
„Nein, danke! Ich muss an die frische Luft."
Es war das Letzte, was ihn je ein Mensch hatte sagen hören.

Drei Tage darauf geschah etwas völlig Neues: Banzhaff setzte nur sehr unwillig einen Fuß in den Brüllenden Stier. Die anderen sahen auch aus, als hätte man sie in das Wirtshaus geprügelt. Und noch etwas war völlig neu: Neben den üblichen Verdächtigen, also Braungart, Ruopp, Kugel saßen nun auch der Müller und - Diedrich Wollewein. „Die Welt ist fürwahr aus den Fugen geraten!", dachte Banzhaff grimmig, während er sich auf seinen angestammten Stuhl setzte. „Das hätte es früher nie gegeben! Aber da waren ja auch noch alle Stühle besetzt."
Es war still in der Stube, in der Küche hörte man das Klappern von Geschirr, ansonsten starrten sich alle nur an, während sie den eigenen Gedanken hinterher gingen. Selbst die Bestellungen liefen nonverbal ab. Rosie stand auf einmal mit einem frischen Glas Bier oder Cola da, der Wollewein bekam seine Weinschorle und der Müller seine Asbach-Cola.
Bernhard „Bernie" Kugel unterbrach nach unzähligen Minuten die schwere Stille, lauthals brüllend, als müsse er dem Namen des Wirtshauses alle Ehre machen. „SO GEHT DAS NICHT WEITER! WER SIND WIR DENN? FREIWILD? HEIMATLAND NOCHMAL, DA MUSS DOCH ETWAS GESCHEHEN!"
„Gut gesprochen, Häuptling!", konterte Karl Braungart. „Wir schreiben Mutti, dass sie was tun soll!"
„Der Herr Schlaumeier wieder mit seinen Sprüchen!" Rosie, alarmiert von Bernies Gesichtsfarbe und der Menge an konsumiertem Alkohol, ging gleich auf Beschwichtigungstour, um Schlimmeres zu verhindern.
Banzhaff kam ihr zuvor. „Ihr seid beide keine Hilfe!", erklärte er mit eisiger Stimme. „Sich die Köpfe einzuschlagen ist keine Lösung. Wir müssen zusammenhalten, jetzt erst recht und uns nicht gegenseitig zerfleischen!"
Das gesagt, setzte sich Bernie Kugel hin und Braungart widmete sich seinem Glas, während die Rosie aufatmend zurück zum Tresen ging.
Danach herrschte erneut Stille, obwohl es eigentlich allen zum Schreien war, Eduard Banzhaffs Worte jedoch Sinn ergaben und es daher besser war, nichts zu sagen.

„Wisst ihr schon, dass sie jetzt erwägen, das alte Bad abzureißen?"
„Der Müller, er weiß doch immer die neuesten Gerüchte!", dachte Banzhaff und fragte laut: „Woher hast du das denn nun schon wieder?"
„Ein Vöglein hat es mit gezwitschert", erklärte er fröhlich grinsend.
„Ein Vöglein namens Barbara Schöll, was?"
Der Müller sah Braungart an, als habe der ihm den Spaß verdorben. Daher wussten die anderen, dass sie die „geheime" Quelle der Information war. Und sogleich war klar, dass es sich um weit mehr als ein Gerücht handeln musste. Die Dame war die Sekretärin und engste Mitarbeiterin des zuständigen Bauamtsleiters, der über Maßnahmen wie den Abriss öffentlicher Gebäude maßgeblich mitbestimmte.
„Gut so, sollen sie es zuschütten, das Drecksloch! Ich trink' einen darauf!" Ruopp hob sein Glas, die anderen taten es ihm gleich. Zum ersten Mal seit sie beieinander saßen, kam etwas Leben in die Stammtischgesellschaft zurück.
„Ich persönlich glaub' ja nicht, dass sie die Probleme damit in den Griff bekommen."
Nachdem er das gesagt hatte, stand Wollewein im Mittelpunkt des Interesses. Von allen Seiten starrte man ihn an, und auf allen Gesichtern war ungefähr dasselbe zu lesen – wenn einer eine Stimmung kaputtmachen kann, dann der Herr Diedrich Wollewein.
„So, und wie bekommen sie sie dann in den Griff?" Braungart sah betont gelangweilt aus, als er das sagte.
„Das weiß ich doch nicht! Aber …"
„Keine Sau wird mehr da rausgehen, damit ist schon mal ein großer Schritt getan!", unterbrach ihn Bernie Kugel unwirsch.
„Da kennst du die Menschen aber schlecht!", konterte Wollewein. „Eine ganze Blase habe ich dahin laufen gesehen, die Polizei hat alle Hände voll zu tun, um die Neugierigen vom Bad fernzuhalten. Weiß ja auch nicht, was die alle plötzlich so anzieht. Bis vor kurzem haben doch alle das Bad gemieden wie die Pest!"
„Und wenn schon! Die haben alle keinen gesunden Menschenverstand, dann sollen die sich blutige Köpfe holen und es gibt ein paar Dummköpfe weniger auf der Welt."
„Es liegt doch nicht am Bad, dass da Sachen passieren. Es ist ja kein Höllenschlund, aber …"
„Ohne das blöde Bad wäre der Laforce nicht dahin gegangen, Gott allein weiß, was er da überhaupt gesucht hat. Fakt ist, wäre er nicht dahin gegangen, wäre er jetzt auch nicht tot!", mischte sich Diego Ruopp ein.
„Warum redet eigentlich keiner mehr über den Rossenegger?" Die Frage vom Müller kam so unvermittelt, dass die Luft aus der Diskussion wich, die gerade anfing, hitzig zu werden.
„Wieso kommst du jetzt mit dem Alfred daher?", hakte Banzhaff nach.
„Komische Frage, wo er doch dein Nachbar ist, nicht? Aber egal. Mit seinem Verschwinden hat doch alles angefangen. Und wenn mir keiner einen Bären aufgebunden hat, dann ist

er womöglich mit einer Unbekannten davon gerannt, oder von ihr davon gerannt worden, wenn ihr so wollt. Die müsste man mal finden, dann …"

„Was und dann?" Bernie Kugel starrte den Müller feindselig an. „Die ist seither nie wieder hier aufgetaucht, also können wir sie auch nicht befragen!"

„Mit deinem beschränkten Horizont wird das auch nix!" Der lässig daher gesagte Satz trieb Bernie Kugel auf die Palme und er blieb nur deshalb sitzen, weil sich die Rosie, um Schlimmeres zu verhindern, auf seinen Schoss setzte.

„Du lehnst dich schon ziemlich weit aus dem Fenster!", sagte Banzhaff grimmig, dem der Seitenhieb in Bezug auf den Alfred Rossenegger nicht passte.

„Das Internet" (der Tonfall gab den Müller dahin. „Jetzt doziert er wieder!" Das dachten alle, weil sie den Müller zur Genüge kannten und daher wussten, dass sie in den Genuss von einer seiner unzähligen Belehrungen kommen würden), ist ein unerschöpflicher Quell von Informationen. Da kannst du alles finden, wenn du nur weißt, wie du suchen musst."

„Komm auf den Punkt!", knurrte Braungart.

„Hetz mich nicht, das bringt nur den Schlendrian herein!"

„Wir sind im Moment nicht sehr für Belehrungen zu haben!", erklärte Banzhaff unter einer breiten Zustimmung.

„Der Mensch, modern wie er sein will, lernt er doch nicht, dass nur das Entschleunigte ihn weiter bringt, da er doch dann auch das Kleine sieht, das er in seiner Hektik ansonsten völlig übersieht."

„Hör mal, Platon, du kriegst gleich ein paar eingeschenkt, deren Effekt übersieht dann hinterher garantiert keiner!" Bernie Kugel schwenkte die Fäuste, trotz Rosie auf dem Schoß. Die fiel beinahe auf den Boden, so sehr aufgebracht war er.

„Also, um es auf den Punkt zu bringen!", rief nun der Müller, seinerseits aufgebracht ob so viel Ungeduld in seiner Umgebung. „Also, damit ihr endlich zu eurem Recht kommt, hier nun meine Ansage: Man findet, wenn man nur geduldig sucht, auch in anderen Teilen der Republik Hinweise darauf, dass Kollegen, seien es nun die von einem Stammtisch oder auch von einem Arbeitsplatz, gelegentlich einfach so verschwinden, ohne dass einer weiß, wo ihm der Kopf steht."

Sein breites Grinsen verlor an Kontur, als der preisende Beifall ausblieb und er sich von verständnislosen Gesichtern umringt sah.

Es wurde nicht besser, als Karl Braungart das Wort ergriff. „Da schau einer her! Die Polizei kann sich glücklich schätzen, wenn sie aufmerksame Bürger hat wie ihn, den großen Müller, der die Welt mit seinen Weisheiten beglückt."

Der Müller wirbelte herum wie ein Derwisch und fast schien es, als wolle er dem impertinenten Sprücheklopfer eine langen. Dahingehend bestand jedoch keine Gefahr, denn der Müller, das wusste ein jeder, hatte noch nie eine Schlägerei gehabt und daran würde sich nie etwas ändern.

„Ihr habt nichts Besseres zu tun, als das Lästermaul weit aufzureißen. Aber wartet nur! Ich habe Kontakt aufgenommen, quer durch die ganze Republik und teilweise auch mit Österreich und der Schweiz. Wenn die Antworten kommen, werdet ihr Augen machen, das kann ich euch versprechen."

„Und was versprichst du dir davon?" Banzhaff sprach in einem ruhigen, sachlichen Ton, um die Stimmung nicht weiter aufzuheizen. Damit bremste er Kugel, Ruopp und Braungart aus, die die Mäuler schon weit aufgerissen hatten. Einzig Diedrich Wollewein schien sich nicht von der hitzigen Atmosphäre anstecken zu lassen.

„Es scheint euch nicht klar zu sein ..."

„Kein Dozieren, Müller, einfache Antworten wollen wir haben."

„Ist ja schon gut, Eduard, ist ja schon gut! Ich rede von einer Verschwörung gegen das männliche Geschlecht. Davon, dass es einige Hexenweiber auf uns abgesehen haben, etwas, das so offensichtlich ist wie noch irgend etwas! Man nehme nur die seltsamen Protestaktionen, die Weiber nackend, wie Gott sie schuf, um gegen die Verdorbenheit des männlichen Geschlechts aufzubegehren. Und wenn es ihnen wo zu männlich zu geht, da packen sie an und lassen die Mannsbilder einfach verschwinden."

Nach dem Monolog schaute sogar der Diedrich Wollewein so, als habe der Müller den kompletten Verstand zum Fenster hinaus gejagt.

„Das ist dein voller Ernst, oder?"

„Was soll ich von unnützen Dingen reden und meinen Atem verschleudern? Natürlich ist es mir Ernst, und ihr solltet nicht herumsitzen wie die Ochsen, sondern zwei und zwei zusammenzählen. Dann müsst ihr auch nicht wie die Hühner auf der Stange warten, sondern handeln, bevor es den Nächsten erwischt."

„Immer, wenn man denkt, er könnte keinen größeren Unsinn erzählen, schafft er es doch!", lästerte Bernie Kugel, nur um gleich in Deckung zu gehen, weil der Müller mit erhobenem Zeigefinger auf ihn zugestürmt kam und alle dachten, dass er vielleicht nun doch die erste Schlägerei in seinem Leben haben würde. Knallrot, alarmierend anzusehen, sah sein Gesicht aus. Aber der Müller schlug nicht zu, sondern schrie, so dass es jenseits des Stiers gut hörbar war: „DIR WIRD DAS LACHEN SCHON NOCH VERGEHEN, UND DAS LÄSTERN SOWIESO, SCHANDMAUL! IN EIN ZWEI TAGEN WERDE ICH ANTWORTEN HABEN UND SIE DIR UNTER DIE NASE REIBEN! VERLASS DICH DARAUF!"

Mit den Worten stürmte er hinaus, wobei er dem Wirt einen Zehner auf den Tresen warf.

Die Zurückgebliebenen schauten sich an, ohne in Gelächter auszubrechen, wonach es ihnen eigentlich war. Denn wenn sie ehrlich waren, hatten seine Worte Eindruck auf sie gemacht. Nach außen sprach keiner von einer Verschwörung, schon gar nicht von einer Östrogengesteuerten. Im Inneren aber schauderten sie ein wenig, weil sie die Worte des Müllers doch nicht für völligen Unsinn hielten.

Alle schauten in dieser Nacht besonders darauf, dass die Türen fest verschlossen waren, Braungart und Ruopp wachten gar auf, weil sie sich im Traume von wildgewordenen Weibern umringt sahen, die sie mit zurechtgefeilten, ellenlangen Fingernägeln aufschlitzen wollten. Ruopp schlief erst nach dem Genuss einiger Schnäpse wieder ein und Braungart, nachdem er den Vorschlaghammer neben das Bett gestellt hatte.
Eduard Banzhaff fand lange nicht in den Schlaf, aber nicht, weil ihm die Worte des Müllers Angst eingeflößt hatten, sondern weil er intensiv über den verschwundenen Alfred Rossenegger nachdachte und dabei auf das seit Wochen leerstehende Nachbarhaus starrte.
Je länger er das tat, desto sinniger erschienen ihm die Dinge, die der Müller im Stier gesagt hatte. Banzhaff hielt nicht viel von Verschwörungstheorien, Paranoia war ihm fremd, doch die Dinge, die in der letzten Zeit geschehen waren, Dinge, die man sonst nur aus der Zeitung kannte, machten nachdenklich.
„Zwei gewaltsame Tode, alle in der Nähe des verfluchten Waldbades!", dachte er. „Und der Alfred hat sich in Luft aufgelöst. Da läuft die Scheiße doch wirklich den Berg hinauf!"
Nachdem er sich ins Bett begeben hatte, schickte er einen Wunsch auf Reisen, dessen Erfüllung ihm sehr am Herzen lag. „Ich hoffe, dass der Müller nur negative Antworten bekommt. Denn wenn nicht, dann ist's mit der Ruhe vorbei. Endgültig! Und das wäre eine Katastrophe!"
Dass Wünsche nicht immer in Erfüllung gehen, lernte er bald darauf.

DIE WELT GERÄT LANGSAM AUS DEN FUGEN

Rosie Honold schwante nichts Gutes, als sie in den Stier kam und die Stammtischbrüder – einschließlich Diedrich Wollewein – schon beieinander saßen. Den Gesichtern nach zu urteilen hatte man sie zum Verzehr von versalzenen Eberhoden gezwungen. Die miese Stimmung machte sich beim Trinkverhalten bemerkbar. Kein Bier, kein Schnaps, stattdessen Wasser, Apfelschorle, Cola.
Natürlich konnte man die Stimmung auf den Tod des Stammtischbruders Kusch zurückführen, aber Rosie wusste gleich, ohne nachzufragen, dass es das nicht war.
Ihr Tipp fiel auf den Müller; der kam zehn Minuten später zur Tür herein und da sah sie an den Mienen, dass sie richtig gelegen hatte. Zu sagen er sah aus wie Cäsar bei einem seiner Triumphzüge durch Rom, war eine glatte Untertreibung. Der Stolz kroch aus jedem Nadelloch und wollte man mit seinem Strahlen ein Kraftwerk heizen, wäre dies wohl möglich gewesen. Bernie Kugel sah ihn gar nicht erst an, auch dann nicht, als der Müller ihm den Stoß Papiere direkt vor die Nase knallte. Seine Stimme drang so laut durch die Stube, dass es schien, dass er gegen eine unsichtbare Menschenmenge anzubrüllen habe.
„Da, hab' ich es euch nicht gesagt? Da steht es schwarz auf weiß, Seite für Seite. Ich hätte es euch im Computer mitbringen können, aber das hätte euch ja nicht beeindruckt. Also hab' ich es ausgedruckt, damit ihr die Menge an Fällen seht, die es quer durch die Republik – und im angrenzenden Ausland – und darüber hinaus auf dem gesamten Globus gibt!"
„Globus?", hakte Wollewein, die Stirn gerunzelt, nach.
„Jawohl, Globus. Eine globale Verschwörung historischen Ausmaßes, eine Östrogenterrorwelle, die nur darauf wartet über uns Männer herein zu brechen."
„Östrogenterrorwelle? Zählst mich wohl dazu, Müller, was?" Rosies Augen blitzten, als sie dies sagte und Banzhaff dachte, dass sie ihn damit sogar ermorden könnte.
„Das habe ich nicht gesagt, Rosie, Liebes. Aber lies dir die Seiten durch. Da wird auch dir ganz anders, glaub mir nur."
„Dir wird gleich anders, wenn du dir deine Cola selber holen kannst!"
„Warum denn so empfindlich? Du bist doch sonst nicht so!"
„Nein. Denn sonst kommt auch keiner daher und schmeißt Wörter wie „Östrogenterrorwelle" in den Raum!"
„Also, wie viele Fälle sind das jetzt?" Banzhaff lag nicht an einem eskalierenden Streit. Ihm war es auch egal, dass der Müller einen Triumph einfuhr. Seine Neugierde war geweckt, speziell jetzt, da ihn das Verschwinden Rosseneggers immer stärker beschäftigte.

„Eintausendsiebenhundertzwanzig. Und das ist nur die Spitze!"
Die Brüder glotzten den Müller blöde an. Banzhaff war nicht der Einzige, der dachte, er hätte einen ganzen Ochsen verschluckt. „Eintausendsiebenhundertzwanzig? Hier in Deutschland?"
„Und Österreich und in der Schweiz. Die anderen hab' ich gar nicht erst ausgedruckt. Da hätte ich die ganze Woche damit zu tun. Zehntausende sind es, sag' ich euch, Zehntausende!"
„Und warum führst du das auf das Wirken von Frauen zurück? Es gibt doch genug Ganoven, die andere verschwinden lassen. Betonschuhe an, zack, ab ins Wasser und Arrividerci, keiner sieht den Leichnam wieder." Diego Ruopp lag nicht daran, dem Müller zu widersprechen oder ihm den Triumph zu nehmen. Er wollte nur den Kloß in seinem Hals loswerden.
„Lies dir die Berichte durch. Dann wirst du erkennen, dass die genannten Fälle nichts mit dem Tun von räuberischen Rotten zu tun haben."
Diego Ruopp nahm das oberste Blatt in einer Weise als sei es heiß oder in eine ungenießbare Brühe eingetaucht gewesen. Die anderen, namentlich Bernie Kugel, anstatt sie sich selbst eines genommen hätten, kamen auf eine andere Idee. „Lies doch mal vor."
Normalerweise hätte Ruopp sich geziert, denn er hatte noch nie gerne laut vorgelesen. Seit der ersten Klasse war ihm das zuwider gewesen, aber an diesem Tage machte er eine Ausnahme.
„Lieber mitleidender Bruder Müller! Ich sag' jetzt einfach „Du", denn diese Geschichte, die verbindet uns, macht uns zu Leidensgenossen. Ja, wir haben den Tod von zweien und das Verschwinden eines unserer Stammtischbrüder zu verkraften. Angefangen hat die Misere mit dem Auftauchen einer Fremden, die danach nicht noch einmal gesehen wurde. Egal, wie sehr wir suchen, sie bleibt unauffindbar. Warum ich sie für verantwortlich halte, fragst du dich sicherlich. Nun, egal, wohin ich mich umhöre, die Geschichte fängt immer gleich an. Immer ist da eine mysteriöse Fremde, die danach nicht mehr gesehen ward. Du wirst es schon noch in den anderen Antworten sehen.
Bis dann, Gruß A.B."
„Lies noch einen vor!", beeilte sich der Müller einzuwerfen, der an den Gesichtern schon sah, dass man die Antwort für nicht sehr aussagekräftig hielt.
Diego Ruopp tat wie ihm geheißen und las vor: „Lieber Anfragesteller, vielen Dank für Dein Interesse. Ja, nun sind es mittlerweile schon fünf Arbeitskollegen, die der Firma genommen wurden. Drei tot aufgefunden, zwei wie vom Erdboden verschluckt. Die örtliche Arbeitsagentur hat schon alle Hände voll zu tun, wobei manche Stellensucher inzwischen lieber Kürzungen der Leistungen hinnehmen, als sich auf die freien Stellen zu bewerben. Warum ich denke, dass die fünf Fälle mit dem Wirken von einer bestimmten Klientel von Frauen – namentlich Feministinnen – zu tun hat, nun, eine Woche lang arbeitete eine völlig Ortsfremde in unserem Betrieb, die mit keinem richtig Kontakt hatte und, als die ersten Fälle auftauchten, auf Nimmerwiedersehen verschwand. In der Hoffnung, weitergeholfen zu haben

verbleibe ich..."
„Das wiederholt sich ständig", erklärte der Müller. „Immer ist da eine Frau, die keiner kennt. Sie taucht plötzlich auf, verschwindet genauso plötzlich wieder ... U-und dann ... Wartet mal."
Mit fahrigen Bewegungen ging er den Papierstoß durch, als gelte es, die Sache möglichst schnell erledigt zu haben. „Warum hab' ich das aber auch nicht ganz oben hingetan? Oder ganz nach unten? Jetzt find' ich das einfach nicht, so ein Mist ... Ah, da!"
Er hob ein Blatt Papier hoch, schlug dagegen, und erklärte: „Das hier könnte interessant sein. Weil es vielleicht erklärt, was mit dem Alfred passiert ist."
Banzhaff, der gerade an seiner Cola nippte, verschluckte sich und bekam sich erst ein, als Bernie Kugel ein paar Mal kräftig auf den Rücken schlug.
„Ja, du hast richtig gehört. Nun ist das kein Tatsachenbericht, sondern leider immer nur eine Vermutung, aber ..."
„Komm' schon zur Sache!", knurrte Banzhaff und daraufhin legte der Müller los.
„Da schreibt einer, dass er meint, den Stammtischkollegen, den verschwundenen wohlgemerkt, wiedergesehen zu haben. Ganz sicher ist er sich da nicht, weil er doch sehr verändert ausgesehen hat und er nach der Sichtung leider nicht mehr greifbar gewesen ist."
„Einer verändert sich schon mal, wenn er einfach so von der Bildfläche verschwindet", merkte der Karl Braungart an.
„So ist das nicht gemeint!", konterte der Müller. „Der mir da geantwortet hat, war in einer Tuntenshow gewesen."
Nun war es plötzlich still im Stier, als sei alles eingeschlafen. Alle starrten sie den Müller an, wie sie normalerweise nur den Wollewein anstarrten. Und dann entstand beim Eduard Banzhaff ein roter Kopf, der gefährlich an einen Feuermelder erinnerte. „Mit so einem Scheiß kommst du daher und redest davon, dass du eine Erklärung für das Verschwinden vom Alfred hast. Geht es dir eigentlich noch ganz gut?"
„Scheiß?" Der Müller war wie vor den Kopf gestoßen. Mit der Reaktion hatte er nicht gerechnet, sondern sich schon als glänzenden Helden der Runde gesehen.
„Ja, Scheiß, verdammt noch mal! Tuntenshow, ja wo kommen wir denn da hin?"
Während Eduard Banzhaff aussah, als wolle er den Müller verschlingen, fingen die anderen Stammtischbrüder an zu kichern. Aus dem Kichern wurde ein Lachen, aus dem Lachen ein schenkelklopfendes Wiehern. Wohltuend war es, befreiend. Die Klöße verschwanden aus den Hälsen wie Eis in der Wüste und mit einem Mal ging der Bierabsatz nach oben. Alle hatten plötzlich ein Glas vor sich stehen, selbst der Diedrich Wollewein.
Der Müller und seine seltsamen Einwürfe waren schnell vergessen, die Brüder (und auch die Rosie, zusammen mit dem Wirt) feierten die Befreiung von allem, auch der Eduard Banzhaff, der sich nur ganz allmählich von seinem Zorn auf den Müller löste.

Der saß vereinsamt in einer Ecke und betrachtete das Geschehen, als sei er ein Zuschauer einer Show. Dass man über ihn lachte und unfeine Worte für ihn fand, schien ihn nicht weiter zu stören. Lange saß er da, solange in der Tat, bis er die Zeit für gekommen hielt. Da stand er auf, klatschte laut in die Hände, bis auch der Letzte den Rand hielt und ihn anstarrte, und verkündete dann: „Wir werden die Sache überprüfen. Wir werden nach Augsburg fahren und herausfinden, ob der Alfred nun zu einer Tunte geworden ist oder nicht."

Es war, als habe er eine Eisenstange in ein Zahnradgetriebe geworfen. Von jetzt auf gleich wurde es totenstill im Stier. Wieder starrten ihn alle an, die Augen riesengroß, als sie die Eintrittskarten in seiner rechten Hand sahen. Wie gebannt schauten sie drauf, als sei er ein Magier, der sie mit seinen Tricks verzauberte.

„Das ist jetzt nicht dein Ernst!", erklärte Karl Braungart.

„Und ob es mein Ernst ist. Ihr wollt doch so wie ich herausfinden, was mit dem Alfred geschehen ist. Voila, damit werden wir es vielleicht erfahren."

„Und du bist dir sicher, dass es die richtige Show ist? Davon gibt es sicherlich Dutzende, wenn nicht Hunderte oder Tausende in der Republik", hakte Bernie Kugel nach.

„Ja, denn der Name wurde mir genannt. Ja, ich bin mir sicher."

„Einen alten Scheiß bist du!", röhrte Eduard Banzhaff plötzlich los. „Einen Riesenvogel hast du in deinem Kopf, einen Steinadler, nein, einen Kondor! So sieht's aus!"

„Du als sein Nachbar solltest doch das größte Interesse daran zeigen, dass sein Schicksal aufgedeckt wird. Bis hierhin hast du auch immer getönt, dass es so sei. Doch dein Verhalten lässt jetzt ein paar Zweifel groß werden." Alle schraken zusammen, denn dass der Banzhaff Eduard laut werden konnte, das wusste ein jeder. Aber dass der Müller ebenso laut röhren konnte, das war neu.

Der Banzhaff stellte sein Glas mit so viel Karacho ab, dass der Wirt für einen Moment dachte, es sei kaputt gegangen.

Es sah gefährlich aus, wie sich der Banzhaff Eduard mit hochrotem Kopf von seinem Stuhl erhob und auf den Müller zutrat, der ebenfalls aufgestanden war.

„Du!", rief er mit heiserer, zitternder Stimme, die Hände zu Fäusten geballt, die Beine tänzelnd, als stünde er im Boxring, „du unterstehst dich, du Sau, so etwas noch einmal zu behaupten. Du, du, du …".

„Ich …", sagte der Müller, den Banzhaff provozierend nachahmend, „ich was?"

Der Stierwirt beeilte sich, zwischen die beiden Kontrahenten zu kommen. Die Angst um die Einrichtung wuchs mit jeder vergehenden Sekunde. „Hey, jetzt beruhigt euch! Kein Grund, sich an die Gurgel zu gehen. Kommt, ich lade euch auf ein Glas ein. Euch alle lade ich ein, eine Runde Freibier für alle."

„Na, das lässt sich doch hören!", tönte Diego Ruopp und gab sich mit Bernie Kugel „High Five". Die Rosie und der Wirt stiefelten gleich los, um das Versprechen in die Tat umzusetzen.

In der Hoffnung, die Spannung zwischen dem Müller und dem Banzhaff Eduard lösen zu können.
Die Kontrahenten blieben jedoch hart. Feindselig starrten sie sich an und tranken keinen Schluck des Bieres, das der Wirt vor sie gestellt hatte.
„Diese Dickköpfe!", haderte der und überlegte sich ernsthaft, ob er nicht die Polizei zur Vorsicht rufen sollte. „Wenn's anders nicht geht …"
Er hatte das Mobilteil schon in Händen, doch da tönte eine völlig neue Stimme durch den Stier und beendete den Streit auf einen Schlag. „Ich bin doch sehr für den Besuch dieser Show. Denn dann wird sich eine Klarheit ergeben und die wird so oder so hilfreich sein."
„Sie können unmöglich blöder glotzen!", dachte Rosie Honold. Sie orderte ungefragt ein kleines Schwarzbier beim Wirt und erntete dafür ein dankbares Lächeln. Noch ehe sie es dem neuen Gast bringen konnte, stand schon der Müller bereit.
„Ja Barbara, was verschlägt dich denn in den Stier?"
Die Frage wischte das Lächeln vom Gesicht der Sekretärin des Bauamtsleiters. „Alles andere als angenehme Gründe, aber das kannst du dir sicherlich denken."
Die Art ihrer Sprache hielt jeden Mann automatisch auf Distanz. Barbara Schöll war eine extrem attraktive Dame von fünfunddreißig Jahren, die auch dann die Männerwelt verrückt machte, wenn sie völlig ungeschminkt durch die Gegend lief. Warum sie das Leben als Single – ohne Affären – vorzog, war eines der Mysterien, die den Menschen dieses Landstrichs Gesprächsstoff en masse lieferte.
„Du möchtest mit in diese Show gehen?", fragte Rosie, als sie das kleine Schwarzbier brachte.
„Ich möchte vor allem diejenigen finden, die für die Schweinereien verantwortlich sind!", erklärte die brünette Schönheit und trank das Glas auf einen Zug aus.
„Die Seltsamkeiten nehmen heute wohl kein Ende!", dachte Rosie, die Augen groß wie Wagenräder.
„Ach, und die finden wir in der Tuntenshow?" Eduard Banzhaff ließ sich auch von der schönen Sekretärin nicht von seinen Zweifeln abbringen. Nicht so einfach jedenfalls.
„Nicht nur dort. Der Müller hat euch sicherlich schon erzählt, dass sie das alte Waldbad endlich abreißen. Gott weiß, dass ich schon lange darauf gewartet habe. Jetzt, da es so weit ist – nächste Woche wollen sie schon anfangen – würde ich die Abrissarbeiten am liebsten vereiteln. Sagt jetzt nicht, das sei typisch Frau! Ich denke, sie werden einige wichtige Spuren verwischen, wenn sie sich über das Gelände hermachen. Höchste Eisenbahn, dass wir nochmals nachschauen, ehe die Arbeiten beginnen!"
„Ich möchte nicht unhöflich erscheinen", erklärte Bernie Kugel, ungewohnt zurückhaltend, „aber was …"
„Die Polizei hat gesucht, aber nicht gründlich. Weil sie dem Offensichtlichen nicht glaubt. Der Himmel weiß, dass man mit Engelszungen auf sie einreden kann, es hat keinen Zweck!

Rosie, Liebes, machst mir noch ein Schwarzbier? Ein großes dieses Mal?"
Rosie ging davon, als sei sie „Dazed and Confused". An diesem Tag nahm sie nichts mehr für gegeben hin und fand sich damit ab, dass weitere Überraschungen auf sie warten konnten.
„Was ist denn das Offensichtliche?" Wollewein war der einzige, der diese Frage zu stellen wagte. Seine Unbedarftheit schützte ihn vor der vollen Verachtung seitens der Schönheit.
„So, wie die unbekannte Frau die Männer ins Unglück führt, treibt draußen beim Waldbad ein Ungetüm sein Unwesen. Das gilt es zu finden und auszumerzen."
Jetzt starrten alle die Sekretärin an, wie sie vorher den Müller angeglotzt hatten. Die störte das nicht im Geringsten. Sie kam langsam in Fahrt; hatte sie einmal die Weichen gestellt, hielt sie nichts mehr auf. „Ich brauche Männer mit Eiern, die mit mir da raus gehen und dem Vieh den Todesstoß versetzen." Dies gesagt, nahm sie Rosie das Glas vom Tablett, die wie angewurzelt vor ihr stehen geblieben war und die sich allmählich zurück ins Bett wünschte. „Wenn wir klar Schiff gemacht haben da draußen, räumen wir bei dieser unsäglichen Show auf. Befreien diesen Rosenecker ..."
„Rossenegger".
Barbara Schöll wedelte den Einwurf des Müllers fort wie eine lästige Fliege. „Noch eines. Groß, bitte." Rosie dackelte davon wie in Trance.
„Wenn ihr nach meiner Motivation fragt – nun, ich trauere um Gerda Stiehl, meine gute Freundin. Es mag am Grab nicht offensichtlich gewesen sein, doch ich finde ihren Tod unsäglich traurig und möchte nichts lieber als sie rächen! So wie ihr eure Stammtischkumpel rächen wollt. Also ..."
„Die Polizei wird uns nicht an das Bad lassen", erklärte Banzhaff nach Minuten der Stille sehr, sehr leise, warum der Plan der Barbara Schöll zum Scheitern verurteilt war.
„Ach, papperlapapp, die haben Wichtigeres zu tun, als da draußen Wache zu stehen! Kommt die Nacht, sind keine Spinner mehr da! Alle haben sie die Hosen voll!"
Dies gesagt, kippte sie das nächste Bier in einem Zug hinab. Danach wirkte sie etwas unsicher auf den Beinen. Deutliches Anzeichen für einen Schwips. Banzhaff bezweifelte, dass es nur an dem vielen Alkoholgenuss lag, dass sie nicht sah, wie sehr die Anwesenden ebenfalls die Hosen voll hatten. „Die ist total bekloppt!", sinnierte er.
Sie wirkte allerdings nicht so, als hätte sie die Sinne verloren. „Auf geht's – mir nach. Rosie, du fährst uns, ja?"
„Wir fahren alle!", verkündete der Wirt, ehe die Kellnerin, der sämtliche Farbe aus dem Gesicht gewichen war, etwas erwidern konnte.
„Das ist mal ein Wort!", erklärte Barbara Schöll erfreut.
„D-du kannst den Stier d-doch n-nicht a-allein l-lassen!" Bernie Kugels Stimme drang schrill durch die Gaststube.
„Ach, papperlapapp, natürlich kann er!", wischte die Sekretärin den kläglichen Versuch ein-

fach fort.

Gleich darauf saßen sie in dem Neunsitzer des Wirts. Vorne der Wirt und Barbara Schöll, voll frohen Erwartens, hinter ihnen die bleichgesichtigen Stammtischgenossen plus dem Müller und Wollewein mitsamt Rosie. Die Genossen und die Servirerin wünschten sich nichts sehnlicher, als dass die Polizei das Gelände des ehemaligen Bades abgeriegelt hätte.

Wie sie aber den Waldweg entlang rollten, wussten sie, dass sie das Areal verwaist vorfinden würden. Da kam dem Karl Braungart ein Gedanke. „Vielleicht sollten wir uns bewaffnen. N-nur für den Fall …"

Als Antwort hob der Wirt den Boden des Vehikels an und holte eine Jagdflinte hervor. „Du denkst doch nicht, dass ich unbewaffnet unterwegs bin!" Mit den Worten setzte er die Unterhaltung mit Barbara Schöll fort, als sei nichts gewesen.

„Du musst wissen – er hat auch eine unter dem Tresen. Für den Fall, dass ein paar Spitzbuben sich nicht benehmen können", flüsterte Rosie verschwörerisch.

Alle dachten sie dasselbe. „Ach, wäre ich doch nur im Bett geblieben!" Mit diesem Wunsch kam ein Schwur aufs Tablett. „Ich werde den Stier über Wochen nicht betreten, wenn das hier vorbei ist!" Das waren ganz neue Töne für die Stammtischbrüder und der Eid zeigte wie kaum etwas anderes, dass die Welt dabei war, völlig aus den Fugen zu geraten. Es war ihnen ernst. „Blutiger Ernst", flüsterte Bernie Kugel und wünschte sich gleich, es nicht gedacht zu haben. Als der Wirt anhielt und die Scheinwerfer nichts als Wald beleuchteten, wurde den Brüdern und der Rosie schlecht.

Die Schöll und der Wirt waren höchstzufrieden. „Na, was habe ich gesagt? Keine Beamtenseele weit und breit", erklärte die Sekretärin und sprang leichtfüßig aus dem Vehikel.

Eduard Banzhaff wünschte sich inständig, seine Gattin als Vorwand darbieten zu können, um aus der Sache einfach heraus zu kommen. Er verzweifelte an sich selbst. „Du bist nicht Schwein genug, um den Wirt und diese Tussi anzulügen und dich aus dem Staub zu machen. Deine Hosen sind ja jetzt schon voll, dabei hat die Untersuchung noch gar nicht angefangen! Mann, ich könnte kotzen!"

Der Wald schien in eine unnatürliche Stille verfallen zu sein. „Die Tiere haben sich aus dem Staub gemacht!", dachte Siegfried „Diego" Ruopp und er merkte, wie der Kloß im Hals dicker wurde und das Bier unbedingt aus ihm hinaus wollte.

„Wir sind verflucht!", erklärte Diedrich Wollewein und heimste sich einen verächtlichen Blick seitens der Schöll ein. Eduard Banzhaff und die anderen waren froh um seine Begleitung, denn er sprach immer das aus, was sie dachten – auch ihre peinlichen Ansichten – und kassierte dafür die strafenden Blicke der Umwelt, während sie fein raus waren. „Du bist zwar ein Depp, lieber habe ich aber dich um mich, als Weiber wie die da!" Eduards Blick fiel auf die Sekretärin, der er am liebsten laut die Meinung gesagt hätte. Stattdessen trottete er ihr und dem Wirt hinterher, so wie die anderen. Die Stammtischbrüder fragten sich, warum Dick

Laforce alleine hier gewesen war, Gerüchten zufolge sogar bei Nacht. „Man macht sich doch auch in Begleitung anderer in die Hosen!", dachte Bernie Kugel, während er aus allen Büschen und Bäumen Augen heraus blitzen sah. Die verschwanden, sobald er blinzelte, aber das beruhigte ihn nicht. Das Herz würde sich erst dann verlangsamen, wenn sie zurück im Dorf waren.

Kaum standen sie oberhalb des Beckens, kam der nächste Nackenschlag für die ängstliche Horde. „Wir können nicht die ganze Nacht suchen. Also bilden wir Teams", erklärte die Schöll. „Die spinnt!", dachten alle, bis auf den Wirt. Der war als Begleitperson so begehrt, dass er sich gleich mit Händen und Füßen gegen die Wünsche der anderen wehrte. Die Schöll hatte es ihm angetan, deshalb nahm er sie im Team auf, genauso wie die Rosie, die sein bestes Stück im Stier war.

Banzhaff kam irgendwie mit dem Müller zusammen, was ihn nicht sehr in Begeisterung versetzte, Karl Braungart und Diego Ruopp rafften sich ihrerseits zusammen und Bernie Kugel stöhnte, weil für ihn nur der Diedrich Wollewein übrig blieb.

Bevor die Gruppen auseinander gingen, hatte die Schöll noch ein paar Worte zu sagen. „Wir suchen nicht irgendetwas, das haben schon die Bullen gemacht. Wir suchen nach einem Versteck, einer Höhle etwa. Irgendetwas, worin sich etwas gut verbergen kann. Viel Glück."

„Geh zum Teufel!", dachte der Eduard Banzhaff, während er mit dem Müller zu seinem Teilgebiet lief.

„Eine Höhle will die finden!", flüsterte der Müller. „Als ob so was nicht die Polizei finden würde! Die sind doch auf so was spezialisiert!"

„Wir mussten nicht hier raus fahren", murmelte Banzhaff, zu leise für die Ohren des anderen. „Wir hätten auch absagen können. Doch dafür waren wir zu feige, wie wir auch jetzt zu feige für diese bescheuerte Sucherei sind!"

Die Nacht war nicht ideal für die Suche. Der Mond hing als Sichel am Himmel, weshalb sie auf das Licht der Taschenlampe angewiesen waren. Um alles gründlich absuchen zu können, mussten sie sich viel Zeit nehmen, was sie trotz ihrer Angst machten, aber einen Erfolg gab es nicht zu vermelden.

Bernie Kugel fand ein paar sehr alte Kondome, die er dem angewiderten Wollewein vor die Nase hielt. Der schaffte es nur mit Mühe, nicht zu erbrechen.

Die Barbara Schöll fand nichts dabei, vor allen auf dem Ein-Meter-Brett ins Becken zu urinieren. Das ließ die Herren ihre Furcht beinahe vergessen.

Ansonsten zogen sich sieben erleichterte Herrschaften und zwei sehr enttäuschte Anführer vom Bad zurück. Sie saßen schon fast im Auto, als dem Diedrich Wollewein eine sehr merkwürdige Äußerung entfleuchte, für die ihn die anderen, bis auf Schöll und den Wirt, am liebsten geohrfeigt hätten.

„Ich muss sagen, das Plätschern vorher hatte eine seltsame Klangmelodie. Als sei der Beckenboden innen hohl."

„Der einzige, der hier hohl ist, bis du!" Bernie Kugel kam nicht dazu, die Worte auszusprechen. Die Sekretärin war sofort Feuer und Flamme. „Das ist dein Ernst, oder?" In Schölls Stimme lag schon alles, was die Brüder und Rosie wissen mussten. Anstatt nach Hause zu fahren, würden sie bleiben und den Boden untersuchen.

Bernie Kugel verpasste dem Diedrich Wollewein eine Kopfnuss, während sie schweigend zurückmarschierten. „Das nächste Mal buddele ich dich ein!", mahnte er drohend, weshalb der Wollewein lieber den Kopf einzog.

Wie sie oben am Beckenrand standen, erinnerte der Wirt sich an eine Begebenheit, die ihm der Vater anvertraut hatte. „Wisst ihr", erklärte er mit einer feierlichen Stimme, „es ist viele Jahre her. Als keiner von der Schließung des Waldbades geredet hat. Da haben sie den Huber Fritz in den Wahnsinn und schließlich auch die Flucht getrieben. Er war für die Instandhaltung des Bades verantwortlich gewesen. Ihr seht das Wappen unserer Gemeinde dort hinten am Beckenrand. Na so was! Warum ist mir das nicht gleich aufgefallen?" Eine Weile stand der Wirt stutzend da und ließ den Rest im Dunkeln stehen.

„Wenn der werte Herr uns mit seinen Gedanken erleuchten könnte, wären seine Untertanen untertänigst glücklich." Bernie Kugel stand kurz vor der Explosion, weil ihn der Wirt nicht zu hören schien – und er war nicht alleine. Den Karl Braungart hörte man murmeln, dass jetzt ja wohl jeder spinnerte Äußerungen von sich gebe und der werte Herr Wollewein einen Verein aufmachen könne.

Siegfried Diego Ruopp erklärte gar, dass er sich womöglich einen anderen Saufschuppen suchen müsse, wenn das so weiter ginge.

„Du könntest uns mit deinen Gedanken erleuchten, hm? Die können wir nämlich nicht lesen, verstehst du?" Eduard Banzhaff zwang sich zu einem normalen Ton, obwohl er innerlich kochte.

Der Wirt schüttelte sich, als sei er aus dem Schlaf gerissen worden. Die anderen registrierten dies mit einer gewissen Häme, doch als er sprach, schmolz die dahin wie Schnee in einer Sauna.

„Seht doch das Wappen an! Das Licht ist hell genug, so dass ihr erkennen könnt, dass es auf dem Kopf steht. Falsch herum, versteht ihr?"

„Ja und? Wen kratzt das? Das Bad ist zu und wir haben hier nichts zu suchen!" Karl Braungart fand viele Befürworter, de facto alle bis auf den Wirt und Barbara Schöll.

„Aber das war doch die Krux! Der Huber Fritz hat immer beteuert, dass er das Wappen richtig eingesetzt habe. Doch jedes Mal, wenn das Bad nach einer Reparatur wieder öffnete, stand es verkehrt herum. Man warf dem Handwerksmeister ständig vor, er habe auf der faulen Haut gelegen und einfach so das Geld eingestrichen. Bis es ihm zu bunt wurde und er die Flucht in die Stadt angetreten hat."

„Was soll das jetzt beweisen?" Diego Ruopp bereute die Frage gleich, als der Diedrich Wollewein anstatt des Wirts antwortete.

„Ich erinnere mich. Mein Vater hat auch davon erzählt und über den Huber Fritz geschimpft wie ein Rohrspatz. Doch anscheinend völlig zu Unrecht."

„Genau. Es muss einen Grund geben, weshalb das Wappen ständig verkehrt herum steht." Die letzten zwei Worte sprach der Wirt quasi über die Schulter, weil er sich gleich in Bewegung gesetzt hatte.

„Man denkt, er wolle den Namen des Handwerksmeisters rein waschen!", dachte Eduard Banzhaff, der so wie die anderen schicksalsergeben hinter dem Wirt drein stapfte.

Sie erinnerten sich alle an den Skandal mit dem Pfusch am Waldbad, schließlich waren die Familien lange ortsansässig, weil man doch nicht dem fahrenden Volk angehöre, wie Diego Ruopp gerne verlauten ließ.

„Meint ihr nicht, die Behörden hätten das längst erkannt? Die sind dem doch sicherlich auf den Grund gegangen." Es war der letzte Versuch, den Wirt und die Schöll von der Sinnlosigkeit der Untersuchung zu überzeugen. Doch der Diedrich Wollewein scheiterte grandios.

Es schien geradezu, als würde die Schöll zu dem Wappen fliegen, jedenfalls hielt der Müller danach gebührenden Abstand zu ihr.

Wie sie dann davor standen, hörte man den Karl Braungart vor sich hin murmeln. „Es kann doch nicht sein, dass man all die Jahre nicht bemerkt hat, dass sich hinter dem verkehrten Wappen etwas verbergen soll! So doof sind unsere Behörden dann doch wieder nicht!"

Der Wirt und die Schöll aber machten sich daran, ihm sogleich das Gegenteil zu beweisen. Der Wirt klopfte gegen die in Stein gezeichnete Figur und brachte die Sekretärin des Bauamtleiters zum Singen. „Es ist hohl, ach, es ist doch so offensichtlich! Wie konnten wir alle nur so blind sein?"

„Also, ich hör' nix!", erklärte die Rosie dagegen.

Braungart, Kugel, Ruopp, Banzhaff, Wollewein und der Müller pflichteten ihr bei. Nach anfänglichem Zögern trat ihnen der Wirt bei und isolierte die Schöll, die von ihrer Meinung nicht abzubringen war. „Jetzt seid doch nicht so taub! Es muss mit dem Wappen zu tun haben, Sack Zement und tausend weiße Fliederbüsche!"

„Es ist viel zu offensichtlich!", verkündete Eduard Banzhaff.

„Aber warum stand denn das Wappen ständig auf dem Kopf, warum steht es denn jetzt noch so? Das macht das Ding doch nicht von selbst, aus lauter Jux und Dollerei!"

„Wieso hat man den Huber Fritz eigentlich dafür verantwortlich gemacht und in den Ruin getrieben? Das mit dem Wappen ist doch nur eine Schönheitssache, die den eigentlichen Badbetrieb nicht gefährdet hat!" Diedrich Wollewein schob die Unterlippe vor, als schmolle er anstelle des längst verstorbenen Handwerkers.

„Man war verstimmt", erklärte der Wirt, „weil das Bad Wasser verlor. Jetzt fragt mich nicht, wie das mit dem Wappen zusammenhing, vielleicht hat es das ja auch gar nicht, aber Tatsache ist, dass ständig das Wasser flöten ging, immer über Nacht. Am Ende des Badebetriebs war das Becken voll gewesen, am nächsten Morgen fehlten einige Zentimeter. Auf den ersten Blick kein großes Drama, doch mit der Zeit hatte sich die Menge des verlorenen Wassers auf fast schon utopische Summen addiert!"

„Utopische Summen?", hakte Bernie Kugel ungläubig nach.

„Mein Vater konnte sich gut daran erinnern, wie der Bürgermeister bei einer Ratssitzung getobt hat, dass man mit dem Wasser, das ständig nachgepumpt werden musste, die komplette Sahara bewässern könnte."

„Ja so was! Und wieso erfährt das unsereiner dann erst, wenn das Bad abgerissen werden soll?" Diego Ruopp hörte sich regelrecht mürrisch an.

„Da kann ich nur sagen, dass die Herren Ratsmitglieder ausnahmsweise mal die Klappe gehalten und Geheimes nicht weiter getratscht hatten."

Diese Bemerkung sorgte für ein gesundes Maß an Heiterkeit. Wussten doch alle, wie leicht Dinge aus dem Gemeinderat nach außen traten, auch die, die nicht für jedermanns Ohren bestimmt waren.

„Aber was ist denn nun mit dem Wappen? Es kann doch nicht sein, dass ich als Einzige gehört habe, wie hohl das Klopfen klang!"

Als Antwort trat der Bernie Kugel vor und hieb regelrecht auf das Wappen ein. „Damit die Schöll endlich Ruhe gibt!", knurrte er vor sich hin. Sie sollte auch hören, dass da nichts zu hören war.

Stattdessen geschah etwas völlig anderes. Es hätte den Anwesenden keiner einen Vorwurf machen können, wenn die aufgrund der Lichtverhältnisse erklärt hätten, dass da nichts gewesen sei. Aber alle sahen, wie sich das Wappen nach innen schob und eine Öffnung frei gab. Fassungslos starrten sie darauf. Als wollten ihre Sinne einen Streich spielen, oder, wenn schon einer Streiche spielte, dann die Schöll. Insgeheim gingen alle Blicke zu der Sekretärin, ob die sich nicht durch ihre Mimik verriete. Stattdessen wirkte sie wie ein Kind, das kurz vor der Bescherung stand und wusste, dass es das Geschenk seines Lebens erhalten würde.

„Da soll mich doch der Teufel holen!", erklärte der Karl Braungart.

„Das wird er auch, garantiert!", murmelte Bernie Kugel.

„Wir sind verflucht!", dachte Diego Ruopp.

„Das schreit nach einer Runde Freibier!", erklärte der Wirt mit ehrfurchtsvoller Stimme.

„Nachher, wenn wir das Phänomen erkundet haben."

„Was heißt hier „erkundet"?", wollte Bernie Kugel wissen. „Das überlassen wir doch besser den Behörden!"

„Nichts da!", geiferte die Schöll. „Die sehen doch den Sand vor den Füßen nicht, wenn sie in

der Wüste stehen! Nein, nein, das müssen wir schon selbst machen!"
„Aber wenn es doch so einfach zu öffnen ist, müsste es ständig aufgegangen sein. Es haben doch sicherlich viele jungen Leute darauf eingeschlagen!", erklärte der Diedrich Wollewein. Man sah den vernichtenden Blick der Schöll nicht, aber dass er da war, wusste jeder. Auch der Wollewein, der sich aber nichts draus machte. „Ich meine nur – ich glaube nicht, dass der Bernie die Öffnung aufgemacht hat."
Die Schöll schnaubte verächtlich, aber sie war nun komplett alleine. Den Wirt hatte die Begeisterung für das Vorhaben plötzlich komplett verlassen. Die Öffnung wirkte auf ihn und die anderen wie ein Schwarzes Loch, aus dem nichts Gutes kommen konnte und in das ihn keine tausend Pferde treiben würden. Das sprach er nicht laut aus. Wie der Rest überließ er das dem Wollewein, dem seine Rolle als Sündenbock in Barbara Schölls Augen nichts ausmachte.
„Ich werde hier nicht länger bleiben. Wenn es sein muss, werde ich mich zu Fuß auf den Rückweg machen. Keine tausend Ochsen können mich hier halten!"
„Ich würde dich am liebsten küssen!", dachte Diego Ruopp, während die anderen sich gerade noch von einer festen Umarmung abhielten. Der Diedrich Wollewein war in ihrer Achtung gestiegen, doch längst nicht so weit, dass man ihn öffentlich herzte. So weit ging die Liebe nicht.
War's der viele Alkohol, war's der Stolz, ja nicht vor den anderen einknicken zu wollen, unter keinen Umständen nicht – die Schöll blieb standhaft. Als sie sprach, war es, als spucke sie Rasierklingen in alle Richtungen. „Und ihr wollt Stammtischbrüder sein! Seid nicht daran interessiert, eure Genossen zu rächen! Feine Brüder seid ihr, wahrlich feine Brüder!"
„Ich bin ein feiner Bruder", erwiderte der Banzhaff nach einer längeren Pause, die die Dramatik automatisch in die Höhe schraubte, „aber wenn ich den Manfred und den Dick – und womöglich den Alfred – rächen will, brauche ich eine heile Haut. Wem nützt es was, wenn es mich genauso ins Verderben reißt?"
„Ich möchte nicht drängen, aber wenn meine Beobachtung richtig ist, wird der Verursacher gleich auftauchen. Dann sollten wir vielleicht schon …"

DAS MAß IST ÜBERSCHRITTEN

Anneliese Liese Banzhaff erwachte in dem sicheren Gefühl, dass etwas geschehen war. Sie kam quasi aus dem Schlaf schon mit einer Art Gewissheit zu sich, dass die Nacht unnormal sein müsse. Ein Blick auf die Uhr und das unberührte Bett des Gatten bestätigten ihre Ahnung. „Drei Uhr in der Früh!", murmelte sie. Der Schrecken war groß, obwohl lange nicht bewiesen war, dass wirklich ein Unglück geschehen war. Nur weil der Eduard nie später als ein Uhr ins eheliche Gemach kam, musste seine Abwesenheit nicht von Bedeutung sein. „Aber der Stier schließt um halb eins!", murmelte sie und ein schaler Geschmack entstand im Mund.
Die Beine trugen sie kaum, als sie, vom Bett aufgestanden, anfing, das Haus nach ihrem Gatten abzusuchen. Das Telefon, das neben ihrem Bett thronte, hielt sie mit zittrigen Händen an den Busen gepresst. Um nichts in der Welt wollte sie die Eins-Eins-Null wählen müssen. Doch wenn sie ihren Eduard nicht im Hause fand, würde sie es tun. Ohne vorher bei einem seiner Stammtischgenossen nachgefragt zu haben. Es war ja keine Hysterie auf ihrer Seite, Gott bewahre! Zwei tote Stammtischbrüder sprachen aber eine deutliche Sprache. Da lag es doch auf der Hand, dass man die Behörden schneller als sonst informierte.

Auf dem Gang stehend, lauschte sie nach allen Seiten. Die Kinder ließen sie nicht im Stich. Sie hörte hier ein leises Schnarchen, verursacht durch eine Erkältung, da ein Murmeln, bei der Dritten raschelte die Decke und tönten die Federn der Matratze. „Sie läuft mal wieder einen Marathon im Schlaf!", dachte Anneliese und fühlte sich wunderbar beruhigt. Alles war in der Reihe, außer halt, dass der Eduard durch Abwesenheit glänzte. Aber vielleicht ließ sich dafür ein einfacher Grund finden.
Die alte Treppe knarzte unter ihrem Gewicht. Sie verzog das Gesicht, wie jedes Mal. Immer war da die Furcht, dass eines der Kinder aufwachen könnte. Doch die schliefen den Schlaf der Gerechten. Anneliese atmete auf. Alles war wie immer und mit dem Eduard würde doch wohl auch alles in Ordnung sein!
Noch auf den letzten Stufen kroch ihr der Geruch erkalteter Spaghetti in die Nase und die Bilder der Kinder, die sich mit Inbrunst auf das Essen gestürzt hatten, erhellten für Momente die Dunkelheit, die sich in ihrem Kopf immer weiter ausbreitete. Die Fröhlichkeit verschwand nach wenigen Schritten. Sie musste nicht lange suchen. Der untere Bereich lag vollkommen im Dunkeln, das Wohnzimmer wie auch die Küche. Seine Schuhe standen nicht im Flur, seine Jacke hing nicht an der Garderobe.
Ihre letzte Hoffnung war der Keller. Dort unten lagerten nicht nur die Vorräte, sondern auch

die sagenhafte LP- und CD-Sammlung ihres Mannes, der Grund so manchen Streits der Eheleute Banzhaff. Sie sah es nicht ein, warum er jeden Monat neue CDs oder LPs anschleppen musste, wo man die Lieder doch im Internet praktisch für nichts anhören konnte. Oder, wenn man sie schon partout haben musste, für wenig Geld herunterladen konnte. Sein Argument, dass es nicht dasselbe sei, konnte und wollte sie nicht nachvollziehen.

Sie fürchtete sich, dorthin zu gehen. Weil sie sich von so manchem die Wände verzierenden Poster belästigt fühlte. Als starrten keine Fotos auf sie, sondern die abgebildeten Personen selbst. Wenn sie nur an die Gesichtsausdrücke dachte, wurde ihr ganz anders.

Die Poster waren nicht der einzige Grund, weshalb sie nur ungern dorthin ging. Sie waren sogar der geringste Grund. Die Verlassenheit des geheiligten Musikzimmers ihres Gatten war das, was sie im Moment am meisten fürchtete. Ozzy mochte sie noch so anglotzen, die Jungs von Kadavar ausschauen, als ob sie sie verschlingen wollten, Peter Steele wirken, als ob er sie in sein grünes Grab mitnehmen wollte. Es waren Fotografien, mehr nicht. Doch wenn sie entdeckte, dass ihr Eduard nicht da war, der all die Tonträger gekauft und die Poster aufgehängt hatte, würde es ihr die Kehle zuschnüren. Danach ...

Unten roch es wie immer muffig. Als ob irgendwo etwas vor sich hin gärte und Schimmel freudig expandierte. „Es ist eben so", tröstete sie sich, die perfekte Hausfrau, die etwas auf ihren Haushalt hielt, „das kriegt keiner in den Griff!"

Sie wusste selbst nicht, weshalb sie durch den Keller ging. Es war offensichtlich, dass hier niemand war. Aber dann fiel ihr doch ein Grund ein. Sie musste mit eigenen Augen sehen, dass ihr Eduard nicht da war. Damit sie auch wirklich Grund hatte, die Eins Eins Null zu wählen.

Der letzte Meter vor der Tür streckte sich bis zur Unendlichkeit. Anneliese kam es so vor, als wandelte sie quer durch das Universum und nicht nur einhundert Zentimeter, die normalerweise in Nullkommanichts überwunden waren. Fast meinte sie, die Türe zöge sich vor ihr zurück. Alles Unsinn, das war ihr bewusst. Doch weil in dieser Nacht alles aus den Fugen war, wischte sie den Gedanken nicht einfach fort. Sie erkannte ihren Wunsch, dass die Strecke sich tatsächlich verlängere, damit sie nicht zu früh mit der hässlichen Wahrheit konfrontiert würde.

Anneliese spürte das Klopfen ihres Herzens so deutlich, dass sie für Sekunden davon überzeugt war, dass die Geräusche bis zu den Ohren der Kinder dringen mussten. Sie wollte die Türe nicht öffnen. Es war doch so einfach, zurückzugehen und so zu tun, als sei alles in bester Ordnung. Vielleicht trat der Eduard einmal in seinem Leben daneben. Na und? Sollte er die große Ausnahme bilden? Sollte es ihm dieses eine Mal nicht gegönnt sein?

Anneliese zog sich ein wenig zurück. Auf einmal war alles so herrlich einfach. Als sei sie die ganze Zeit gegen eine starke Strömung angegangen, die sie nun zurückspülte in die wunderbare, die heile Welt. Es war doch wirklich alles so, wie es sein sollte. Echt jetzt. Nun wirklich.

Aber Hallo!
Sie konnte sich unendlich lange einreden, dass alles seine Ordnung habe, zurück ins Bett gehen, die Decke über den Kopf ziehen und die Wirklichkeit aussperren. Denn die, das glaubte sie fast unbesehen, war ja doch ohne Erbarmen. „Ich wünschte, das hier wäre ein blöder Albtraum!", flüsterte sie unter einem heftigen Magengrummeln.
Anneliese stürmte auf den Raum zu, diese letzte Rückzugsmöglichkeit ihres Mannes. Sie riss die Türe auf, betätigte den Lichtschalter …

Minuten später hing sie am Telefon, klingelte all diejenigen Anhängsel aus den Betten, die mit ihrem Mann direkt zu tun hatten. Die Eins-Eins-Null wählte sie doch nicht. Zuerst musste sie von den anderen erfahren, ob deren Männer nicht vielleicht doch zu Hause waren. Es waren ja nur drei anzurufen. Wanda Braungart, Carina Kugel und Roswitha Wollewein. Die hatte ihr noch Stunden zuvor eröffnet, dass ihr Diedrich zum Stammtisch dazustoßen dürfe, weil ihn doch der Tod des Manfred Kusch so sehr mitgenommen hätte und die Brüder seien ja auch völlig betroffen, da sei es nur eine Selbstverständlichkeit gewesen, den Diedrich aufzunehmen. „Der Tod verändert alles!", hatte die Anneliese da noch gedacht. „Er lässt Zeichen und Wunder geschehen." Noch wenige Wochen zuvor hätten die Stammtischgesellen jedem, der sich erdreistet hätte, um Aufnahme zu fragen, höchst unhöflich zu verstehen gegeben, dass er sich zu wem auch immer scheren solle. Jetzt war die Aufnahme nur eine Formalität wie es schien! Wobei der Diedrich Wollewein sicherlich kein vollwertiges Mitglied war, da machte sie sich gar keine Illusionen.
Roswitha auch nicht. Anneliese sah sie in ihrem Nachthemd vor sich stehen, als würde ihr Bild praktisch durch das Telefon transportiert. Die dunklen, langen Haare in alle Richtungen stehend, das Gesicht aschfahl, die Kette mit dem Anhänger, der das Bild der verstorbenen Mutter enthielt, fest in der Hand haltend, während sich die andere am Telefon festkrallte. Für Augenblicke war Roswitha die Ruhe in Person, weil sie, frisch aus dem Schlaf geklingelt, nicht verstand, was denn nun mit ihrem geliebten Diedrich war.
Mit der Ruhe war es schnell vorbei. Plötzlich hörte Anneliese die Roswitha hysterisch durch das Haus brüllen und zog unwillkürlich das Genick ein, weil sie doch genau vor Augen sah, wie die Kinder nacheinander aus den Betten fielen. Wer nicht antwortete, war der Diedrich, den die Roswitha in ihrer Aufgebrachtheit Diederich nannte, wobei sie das zweite „E" scheinbar bis in alle Ewigkeit dehnte.
Alle Hoffnungen, die Roswitha noch einmal an den Hörer zu bekommen, waren vergebens. Anneliese hörte sich die Brüllerei noch eine Weile an, dann legte sie auf. Kurz überlegte sie, die anderen beiden ebenfalls anzurufen, entschied aber, dass der eine Anruf genug Aussagekraft besäße.
Sie stürmte in die Küche, riss den Kühlschrank auf. Ihr war schlecht, richtig schlecht, deshalb

musste sie den Magen füllen. Die Anneliese aß immer, wenn ihr danach war, alles zu erbrechen. So widersprüchlich es klang, ihr half es, alles bei sich zu behalten. Je üppiger dabei die Mahlzeit war, desto besser. Scheiß auf alle Diäten, Scheiß auf die Schlankheitsfanatiker, Scheiß auch auf alle Veganer, die sollte in solchen Zeiten sowieso der Teufel holen!
Annelieses Spezialburger konnte nur sie alleine essen, denn sie hatte nie Schwierigkeiten mit den zwei dick aufeinandergestapelten Frikadellen, die in Ketchup und Senf ertranken, woran auch die Unmengen Zwiebel, Knoblauch, Gurkenscheiben und der Speck nichts änderten, und den großzügig geschnittenen Brotscheiben, zwischen denen all die Zutaten steckten.
In dieser Nacht brachte der Burger nicht die erhoffte Wirkung. Also ging sie zum „Giftschrank" und bediente sich zuerst am leckeren Beerenlikör des Brenners aus dem Nachbardorf, dann am Kirschwasser aus dem Schwarzwald. Die halbleere Flasche Beerenlikör trank sie aus, das Kirschwasser reduzierte sie erheblich. Alles scheißegal, diese Nacht bedingte diese Völlerei.
Die Anneliese fühlte sich danach viel besser. Alles schien an seinen Platz zu fallen, die Dinge in die richtige Perspektiven zu rücken. Jetzt würde sie Pläne schmieden können oder vielleicht sogar ins Bett zurückgehen, im festen Glauben, dass alles in Ordnung sei. Die Roswitha mochte hysterisch in der Nacht herumlaufen und alle verrückt machen – selbst Schuld, mit den andauernden Diäten – ändern würde sie dadurch nichts.
Anneliese löschte das Licht im Wohnzimmer, stieg die Treppe nach oben, ging in Richtung Schlafzimmer – und sah die hell erleuchteten Fenster im Haus des Alfreds.
„Das darf doch wohl nicht wahr sein!", flüsterte sie und bekreuzigte sich automatisch. Das gute Gefühl, das sich gerade erst zaghaft aufgebaut hatte, war weg. Fort, futsch, wie von einem gigantischen Staubsauger ins Vakuum gezogen. Sie war nicht feige, doch seit der Rossenegger verschwunden war, hatte sie das Haus gemieden wie eine Fliege das Netz der Spinne. Hatte die Kinder angeherrscht, wenn die dem Nachbarhaus zu nahe gekommen waren. Hatte ernsthaft in Erwägung gezogen, den Eduard zu bitten, eine Sichtmauer aufzurichten, damit sie es nicht mehr dauernd sehen müsste. Sie war nicht dem Glauben verfallen, dass das Domizil des Rosseneggers verflucht sei. Es war aber kein Ort, den sie aufsuchen wollte. Der Eduard hatte nur wenig über die Nacht geredet, als er mit den Brüdern im Haus des Alfreds gewesen war. Er mied das Domizil aber genauso wie sie, weil sich dort keine Spur von ihm hatte finden lassen, ja, es sei angeblich so gewesen, als hätte der Alfred nie dort gelebt. Anneliese wusste natürlich, dass Eduard übertrieb, aber das änderte nichts daran, dass das Nachbarhaus seit Wochen nur eine leere Hülle war.
Nun trieb sich dort drüben auf einmal jemand herum. Einbrecher, jugendliche Angeber – es gab unzählige Möglichkeiten, wer im Nachbarhause das Licht angezündet hatte. Ein Griff zum Telefon, die Polizei war schnell verständigt. Alles ginge seinen Gang, sie konnte zu Bett gehen und die Angelegenheit wenigstens vorübergehend vergessen.
„Warum nur bist du so saublöd, du dumme Ziege?" Mit diesen Worten zog sie sich einen

Mantel über und die Schuhe an, griff die Taschenlampe und das Pfefferspray, nur für den Fall, dass sie falsch lag mit ihrem Verdacht. Wenn ihre Vermutung richtig war, konnte sie es getrost in der Tasche lassen.

Auf halbem Wege kam ihr das Handy in den Sinn, aber sie kehrte nicht um. Anneliese wollte die Sache sofort klären, denn nur so konnte sie schnell zurück ins warme Bett. Sie konnte sich da nicht helfen, sie war einfach so gestrickt. Dinge wurden erledigt, vorher gab es keine Ruhe, basta!

Unheimlich wurde es ihr dann aber doch. Dies so sehr, dass sie, kurz vorm Ziel stehend, erwog, doch umzukehren und sich schleunigst aus dem Staube zu machen. Die langgezogenen Rufe eines Waldkäuzchens sorgten für ausgedehnte Schauer auf dem Rücken. Sie kannte die Rufe nur zu genau. Fast immer sind sie zu hören, wenn in Filmen des Nachts jemandem Ungemach bevorsteht. Mörder, Ungeheuer, wahrgewordene Albträume wogen heran, um Unglückselige nieder zu meucheln.

Die Mutter aller Gänsehäute suchte die Anneliese heim. Sie stand da und wusste nicht recht, ob sie sich gleich in die Unterwäsche machen würde. Wenn da drin jetzt nicht der Eduard rumorte, stand sie mit heruntergelassenen Hosen da. „Du hast einfach die Kinder alleine gelassen, du Dummkopf! An die hast du wohl keinen Gedanken verschwendet!"

Für Sekunden stand sie unentschlossen da. Aber dann gab sie sich einen Ruck, stapfte auf die halb offene Haustüre zu und betrat das Haus, das sie seit längerem mit einer fast schon abergläubischen Furcht betrachtet hatte.

SEGEN DER VERNETZUNG

Karin Altmeyer saß senkrecht im Bett. Der Atem ging viel zu schnell, der Schweiß stand erkaltend auf dem ganzen Körper, sodass sie zitterte, obwohl sie unter der warmen Bettdecke war. Unruhig ließ sie den Blick wandern, als könnte sie in der Dunkelheit sehen. Die Ohren waren gespitzt, bereit, jede Kleinigkeit aufzunehmen. Nichts würde sie überraschen können, sie würde es rechtzeitig merken und sich zu wehren wissen!
Minuten vergingen, in denen sie reglos sitzen blieb, während sich der Atem langsam beruhigte und der Schweiß trocknete. Obwohl sie längst wusste, dass alles in Ordnung war, verharrte sie in Alarmbereitschaft, als wolle sie jemand (etwas) nur in Sicherheit wiegen, um sie dann, wenn sie arglos war, zu überwältigen. Die Symptome hatte sie seit dem seltsamen Zwischenfall auf der Skihütte, der nun schon mehrere Wochen zurück lag.
Es lief ständig nach dem gleichen Schema: Sie ging schlafen, in der Hoffnung, dass die vor ihr liegende Nacht anders sei als ihre Vorgänger. Der Schlaf kam leicht, immer, und er kam nie ohne Begleitung. Die gleichen Bilder gaben sich Nacht für Nacht ihr Stelldichein und das so überzeugend, dass sie nicht als Traumgebilde durchgingen, sondern als real Erlebtes. Das Erwachen nach den Albträumen war fortwährend von Furcht gezeichnet, die nur ganz allmählich abebbte. Dies trotz des Wissens, dass sie in Sicherheit war.
So weit, so gut.
Nichts war gut! Nichts, nichts, verdammt und eine Scheibe Leberwurst, nichts war gut. NICHTS!!! Seit Svenjas Verschwinden war alles in Schieflage geraten. Ihr Leben, ihre Gesundheit, seelisch wie körperlich. Seit Wochen ging das Theater nun schon. Seit Wochen!!! Das musste die Gesundheit angreifen und es war eine Einbahnstraße direkt in die Klapsmühle, wenn sie nichts unternahm.
Ja, wenn sie nichts unternahm.
Wie lange sprach sie nun schon davon, dass etwas zu tun sei; wie lange lag sie gelähmt danieder, sich wie das ohnmächtige Blatt im Winde fühlend, das nichts gegen die Umstände unternehmen kann? Wie oft hatte sie schon von notwendigen Maßnahmen gesprochen, die sofort auszuführen seien?
Natürlich diskutierte man sich die Köpfe im Flecken heiß wegen des Verschwindens der Lobrind Tochter. Jeden Stein drehten sie um und sie würden selbst die Berge anheben, wenn es denn ginge, nur um sie zu finden, wenn nicht dass, dann zumindest eine erste Spur von ihr. Karin hätte ihren Teil beitragen können. Sie hätte von dem geplatzten Treffen auf der Skihütte berichten können, von ihrer Flucht, der Angst, die sie gefühlt hatte. Womöglich hätten sie

dann etwas gefunden, und wer weiß, vielleicht nicht nur erste Spuren, sondern Svenja selbst. Doch erstens fragte sie sich, ob sie nicht einem Hirngespinst davon gefahren sei. Zweitens hatte sich herausgestellt, dass der einzelne Ski neben der Hütte nicht der von Svenja gewesen war.

Am schwersten wog aber, dass sie zum unteren Stand im Dorfe zählte; die Dörfler würden ihr die Hölle heiß machen, wenn sie von dem geplatzten Treffen erführen! Es wäre ein gefundenes Fressen für alle, denn es gäbe ihnen endlich einen hinreichenden Grund, sie an den Pranger zu stellen und das Leben der Familie würde noch unerträglicher. Dazu ließ sie es ganz gewiss nicht kommen!
Der eigenen Familie sagte sie aber auch nichts von jenem Abend. Das war merkwürdig, weil sie ihren Eltern wirklich alles anvertrauen konnte. Die beiden Schwestern, die eine zwei Jahre jünger, die andere vier Jahre älter, zogen sie zwar manchmal auf, doch in Sachen Familienzusammenhalt waren auch sie einsame Spitze.
Familie Altmeyer würden im Leben nicht auf die Idee kommen, sie wegen ihres Treffens mit Svenja anzumachen und sie würden auch verstehen, weshalb sie den Behörden gegenüber geschwiegen hatte. Es konnte also nur diesen einen Grund geben, dass sie einfach nicht über die betreffende Nacht und die vermaledeite Skihütte reden wollte.
Das würde sich nun ändern. Gleich am frühen Morgen würde sie zu den Eltern gehen und sich die Sachen vom Leib reden. Mit dem losgewordenen Ballast würde sie in der darauffolgenden Nacht gut schlafen können. „Es läuft doch immer alles auf den Kopf und die Seele hinaus", dachte sie, als sie das Knarren der Holztreppe hörte.
Sie dachte sich nichts dabei, bis sie das Quietschen der Haustüre vernahm. Da schlich sie zum Fenster, um auszuspähen, wer denn zur nachtschlafenden Zeit das Haus verließ. Ohne die Träume hätte sie sich vielleicht nicht viel dabei gedacht, den Vater an der Straße stehen zu sehen, wie er die Hände in die Hüften gestemmt den Kopf hin und her wandern ließ, dann ein paar Schritte in die eine und wieder in die andere Richtung tat, als wisse er nicht recht, wohin er sich wenden sollte. Dass er sich dabei ständig am Kopf kratzte und eine Spur zog, wo die Haare aufgehört hatten zu wachsen, verdeutlichte seine innere Angespanntheit. „Er sieht verloren aus", dachte sie, ohne recht zu wissen, wie sie denn zu dieser Aussage kam.
Sie wusste aber ganz genau, dass sie ihn nie bei Nacht an der Straße gesehen hatte. Rolf Altmeyer ging selten aus; wenn er die Eingangstüre abgeschlossen hatte, blieb er im Haus, denn dann war die Welt ausgeschlossen und hatte nichts mehr bei der Familie Altmeyer zu suchen.
„Ein Mensch kann nur ein gewisses Maß an Idiotie ertragen. Dieser Haufen, der uns umringt, überschreitet dieses Maß mit einer geradezu phantastischen Mühelosigkeit!" Sie kannte seine Aussage in- und auswendig.
Ehe sie richtig nachgedacht hatte, war sie schon an der Tür und strich im Schlafanzug und

barfuss die Treppe hinab. Die offene Haustüre ließ kalte Nachtluft eintreten. Noch ehe die letzte Treppenstufe erreicht war, hatte sie schon eine Gänsehaut am ganzen Körper heimgesucht. Sie achtete nicht darauf. Sie wollte zu ihrem Vater und ihn fragen, was denn los sei, denn sie frage sich schon, weshalb er mitten in der Nacht einfach vor die Türe gehe.
Kaum draußen zerrte der nächtliche Wind in voller Stärke an ihr, als wolle er sie davon tragen. Der Mond stand hell und klar am Himmel und zeichnete alles in seinem besonderen Licht.
„Papa?"
Er wirbelte herum, als hätte sie ihn aus einem Traum geweckt. In seinem Blick lag so vieles, nur nicht der Grund, was ihn in die Kälte der Nacht getrieben hatte. Für lange Sekunden herrschte ein Schweigen, dessen Stille selbst der Sturm nicht durchbrechen konnte.
„Du bist noch hier?", fragte er schließlich, als sei es das Erstaunlichste der Welt.
Sie musste lachen, trotz der Traurigkeit, die ihn irgendwie zu überschatten schien. Er hätte so vieles sagen können. Aber das? Es war das Absurdeste, was sie sich vorstellen konnte.
„Natürlich bin ich noch hier! Wo soll ich denn sonst sein um diese Zeit?"
Er drehte sich fort von ihr und hin zu den Bergen, die den Ort umringten. Als er längere Zeit nicht sprach, trat sie zu ihm und schlang ihre Arme um seinen Bauch. Er zuckte zusammen, als habe sie ihn an Strom angeschlossen. „Was ist nur mit dir los, Papa?" Sein Gebaren machte ihr Angst; fast war es, als sei er durch einen Doppelgänger ausgetauscht worden.
„Was mit mir los ist?", wiederholte er. „Du solltest fragen, was deine Mutter geritten hat. Und deine beiden Schwestern."
Jetzt war es Karin, die zusammen zuckte. Die Nacht hatte schon schlecht begonnen; der Albtraum haftete immer noch an ihr. Um so mehr, als er drohte, in die Wirklichkeit kommen zu wollen.
„Was meinst du, Papa?"
Zur Antwort schnaubte er nur. Dann nahm er sie sanft am Arm und führte sie ins Innere des Hauses. Er zeigte ihr die leeren Zimmer ihrer Schwestern und das leere Elternschlafzimmer. In Karins Bauch grummelte es nun so, als tobe ein Raubtier darin herum. „Wo sind sie?"
Der Vater setzte sich aufs verlassene Ehebett, fuhr sich müde über die Kopfhaut. „Dass sie dich nicht mitgenommen haben, wundert mich sehr!"
„Wohin mitgenommen?"
Als er lange nicht antwortete, trat sie zu ihm und schüttelte ihn. „Jetzt sag doch Papa! Wohin sind sie gegangen?"
„Auf den Berg hinauf. Zusammen mit allen Frauen des Dorfes. Bis auf dich sind wohl alle dort hinauf gegangen."
Er sagte es, als sei er in Trance. Obwohl klar war, dass er keine Antworten haben würde, fragte sie ihn.
„Warum sind sie da hoch?"

Hilfloses Achselzucken und ein Gesichtsausdruck, der alles Unglück der Welt enthielt, entließen sie in die Welt der Spekulationen.

Das Bild ihres Vaters suchte sie später in der Dunkelheit heim und hinderte sie am Einschlafen; nicht nur das, freilich, sondern auch die Frage, was denn die Mutter und die Schwestern in der Nacht auf dem Berge zu suchen hatten – zusammen mit der weiblichen Bevölkerung des Ortes minus sie selbst.

Die Antworten konnten die geben, die es betraf. Die Betonung lag auf „konnten", denn sie gaben sie nicht. Papa und Karin Altmeyer fragten dahingehend am Morgen des nächsten Tages vergeblich. Alles, was sie erhielten, waren Blicke, die von permanenter Missbilligung sprachen – wenn man sie denn überhaupt mit Blicken bedachte. Mehrheitlich befiel die beiden Familienmitglieder, die nicht mit auf dem Berge gewesen waren der Verdacht, dass man sie eigentlich als Luft erachtete. „Man sollte meinen, uns müsste es fröstelen, weil sie uns permanent die kalte Schulter zeigen", witzelte Papa Rolf, der zusammen mit seiner Tochter eine weitere dramatische Neuigkeit zu verkraften hatte.

Auf einmal gehörten die drei anderen zur – weiblichen – Dorfbevölkerung dazu. Papa und Tochter schauten höchst verblüfft aus dem Fenster und wähnten sich in einem Schauspiel, wie sie dem freudigen Reigen zusahen, in dessen Mitte wie selbstverständlich der Rest der Familie Altmeyer schwebte.

„Jetzt möchte ich noch mehr wissen, was die da letzte Nacht auf dem Berg getrieben haben!", erklärte Papa Altmeyer.

„Das möchte ich auch. Aber so, wie es aussieht, werden sie uns nicht mit der Gnade einer Antwort bedenken." Karins Hals schnürte sich angesichts des Treibens zu, ohne dass sie recht wusste, weshalb dem so war. Das Gefühl, nicht dazuzugehören war ihr hinlänglich bekannt, das konnte es nicht sein. Oder doch? Schließlich sah sie die komplette weibliche Dorfbevölkerung da draußen in größter Festtagsstimmung und die Männer blieben, so wie sie, außen vor! Ohne Vorwarnung füllten sich ihre Augen und sie musste sich setzen. Der Anblick der sich ständig umarmenden und küssenden Mutter und Schwestern machte sie krank.

„Die tun so, als seien sie die engsten Busenfreundinnen mit denen da, dabei haben die uns regelmäßig Messer in die Rücken gerammt! Das ist so was von widerwärtig!" Karin schloss die Augen, um die Galle am Überlaufen zu hindern.

Irgendwann, als sie das ganze Gehabe nicht mehr aushielt, nahm sie das Laptop, um im Netz zu forschen, ob sich die Seltsamkeiten nur auf ihren Ort begrenzten, oder aber, wie sie vermutete, weit ausdehnten.

Eine Stunde später wünschte sie sich, niemals nachgeschaut zu haben. Das, was sie gelesen hatte, drückte ihr die Gurgel zu. Auf einmal stand etwas im Raum, woran sie nie im Leben einen Gedanken verschwendet hatte.

Die Beine fühlten sich wie Schwämme an, als sie in der Hoffnung aufstand, dass sie nicht zu viel Zeit verschleudert hätte.

Sie fand ihren Papa im Wohnzimmer, am Fenster stehend; scheinbar hatte er sich in der ganzen Stunde nicht einen Meter von seinem Aussichtspunkt fortbewegt. Ihr tat das Herz weh, wie sie ihn so mit seinen herunterhängenden Schultern stehen sah. Am liebsten hätte sie ihn mit allem verschont, was sie herausgefunden hatte, oder wenigstens den Zeitpunkt der Offenbarung nach hinten verschoben. Die Schonzeit hatte er verdient – nur, dass es keinen Puffer gab, der dies erlaubte. Die Welt drehte sich zuweilen schneller als einem lieb sein konnte. Sie nahm dabei keinerlei Rücksicht auf Befindlichkeiten Einzelner. Da galt einfach nur „Fressen und Gefressen werden". Weh dem, der dann auf der falschen Seite stand!

„Papa?"

Als er sich umdrehte, stand das Wissen in seinen Augen. Er hatte auch ohne die im weltweiten Netz zu findende Lektüre seine Schlüsse gezogen. Ohne ein Wort ging er zum großen Kleiderschrank, der die ganze Breite des Schlafzimmers einnahm, stellte sich auf die Zehenspitzen und holte zwei Koffer heraus. Einen reichte er Karin. Während er anfing, den seinen zu füllen, lief sie schnell in ihr Zimmer, um ihre Siebensachen einzupacken. „Was für ein Scheiß Spiel!", dachte sie und suchte mit einem mächtigen Grummeln im Bauch die Sachen zusammen.

DER ANFANG DER WEHEN

Anneliese Banzhaff war es, als träume sie, während sie durch die Nacht ging. „Es wäre wohl besser so – du hast deine Kinder alleine zuhause gelassen!", dachte sie. Ihr Blick fiel zum wiederholten Mal auf die Gestalt, die neben ihr ging. Gedanken rannten durch ihren Kopf, die sie verwirrten. Konnte man sich über die Identität einer Person zugleich sicher sein und dann doch zweifeln?

Es war völlig paradox, doch genauso erging es ihr im Moment. Einerseits war da diese Vertrautheit, andererseits dieser Respekt, den man Fremden gegenüber hat, denen man nicht völlig vertraut.

So oder so hatte sie sich überreden lassen, mit zum Stier zu gehen, in der Hoffnung, dort um die gottverlassene Stunde den geliebten Eduard anzutreffen. Wenn es zu dem glücklichen Ende kam, das ihr versprochen wurde, lohnte es sich, die Kinder alleine im Haus schlafen zu lassen und mit klopfendem Herzen durch den Wald zu gehen.

„Was macht dich so sicher, dass wir den Eduard im Stier antreffen werden?"

„Mach dir keine Gedanken um die Kinder. Die schlafen und wachen erst wieder auf, wenn du daheim bist. Wichtig ist jetzt der Eduard."

Anneliese nickte und tippelte lammfromm hinter dem Sprecher her. Dass der andere ihre eigentliche Sorge entdeckt hatte, gab dem Gefühl der Vertrautheit recht. Dann wiederum ... Ach, das ganze Kopfzerbrechen brachte nichts! Eine Entscheidung musste her. Entweder, sie ging den Rest des Weges mit oder sie kehrte um, weil ja eines der Kinder aufwachen musste – es war doch immer so – war man einmal nicht vor Ort, geschah das, was seit Jahren nicht mehr geschehen war. Murphys Gesetz, oder vielleicht auch eine Art Naturgesetz.

Anneliese Banzhaff konnte sich aber noch so sehr darauf versteifen, eine Entscheidung fällen zu müssen – es funktionierte nicht.

Selbst als das Licht des Stiers in die sich mittlerweile erhellende Nacht hineinfiel, war sie unsicher, ob sie wirklich richtig entschieden hätte. Auch dann nicht, als sie die Begleitung zufrieden auf das Offensichtliche hinwies.

„Siehst du? Das Licht im Stier bedeutet, dass er offen ist."

Sie konnte nur nicken; die Stimme ließ sie im Stich, weil die Gefühle in ihr Rumba tanzten. Das Herz schlug schneller, weil sie womöglich den Eduard antreffen würde – gleichzeitig glaubte sie fest daran, dass nun alle Kinder verwirrt durchs Haus tobten und sich die Augen ausweinten nach der Mama.

Mit diesem Gefühlsmischmasch trat sie durch die Tür des Wirtshauses. Sie würde dem Eduard, trotz der großen Erleichterung, ihn nun doch gefunden zu haben, ein paar Worte sagen. Schließlich hatte sie es ihm zu verdanken, dass sie nicht bei den Kindern wachte, sondern wie eine verantwortungslose Nichtmutter in der späten Nacht ein Wirtshaus betrat.

Die Zurechtweisungen vergaß sie ganz schnell, als sie ihn und seine Kumpels – plus Müller und Wollewein – mit hängenden Köpfen am Stammtisch sitzen sah. In den Gesichtern stand das pure Unglück geschrieben. Anneliese konnte gar nicht anders, als ihren Eduard in die Arme zu schließen. Am liebsten hätte sie alle an ihre Brust gedrückt – sie sahen aus wie kleine Jungen, die dringendst getröstet werden mussten.

Dass sie nicht ganz bei der Sache waren, erwies sich daran, dass sie den Mitreisenden nicht sofort mit stupiden Stammtischkommentaren belegten. Sie bemerkten ihn offenbar erst, als er sprach.

„Nur gut, dass ihr alle so verlässlich seid."

Auf einmal gingen sechs Köpfe nach oben. Sie starrten den Neuankömmling unverhohlen an, wie Kinder, die zum ersten Mal etwas völlig Fremdartiges bestaunten.

Der Sprecher lächelte sie an, wobei das Spöttische deutlich durch kam. „Es hat sich doch wahrlich nichts verändert, seit ich fortgegangen bin." Nachdem er den Blick über alle Gesichter hatte wandern lassen, korrigierte er seine Aussage. „Nur, dass der Manfred und der Dick nicht da sind."

Bei der Erwähnung der beiden Namen wurden die Augen der Brüder noch größer, was an sich verwunderlich war, weil sie schon weit aufgerissen waren.

Bernie Kugels Blick zeigte den puren Hass; bevor er etwas sagen konnte, sprach die Anneliese Banzhaff. „Sie sind tot. Gestorben sind sie – wen wundert´s – draußen beim alten Waldbad." Vorsorglich hielt sie dem Bernie die Hand vor, damit der keine Tiraden von sich geben konnte.

Die Neuigkeit löste eine ganze Reihe Reaktionen bei der Person aus. Überraschung, Trauer, Hass, tiefe Unruhe und dann Anspannung – sie blieb auf seinem Gesicht stehen.

„Es hat also schon angefangen!", erklärte er, und ließ sich schwer auf einen Stuhl plumpsen. Das missfiel dem Karl Braungart sehr! „Die Stühle hier sind nur für die Stammtischbrüder bestimmt." Mit Blick auf den Wollewein und den Müller fügte er hinzu: „Und für geladene Gäste. Zu denen Sie nicht gehören!"

Alle nickten ihre Zustimmung, außer dem Eduard Banzhaff. Der dachte angestrengt darüber nach, weshalb ihm die Tunte mit der markant männlichen Stimme so bekannt vorkam, wo es doch die erste Begegnung mit einem „Zwitter" war.

Die Tunte schüttelte den Kopf und setzte erneut das spöttische Lächeln auf. „Du bist immer noch der gleiche Depp, Braungart!"

Der Angesprochene sprang auf, die Fäuste in der Luft schwingend, das Gesicht puterrot. Er tänzelte – in respektvollem Abstand – mit den erhobenen Fäusten herum, und schrie: „Das

nimmst du sofort zurück, du, du, du..."
„Tunte?", vervollständigte der Fremde, der Spott in Stimme und Gesicht so herausfordernd, dass nun auch die anderen – bis auf Banzhaff – aktiv wurden. Banzhaff dachte als Einziger darüber nach, woher der Transvestit den Namen Braungarts kannte. Das Vertraute an dem Fremden wuchs, ohne, das er einen Finger auf die Identität des anderen legen konnte.
„Ihr kapiert wieder einmal überhaupt nichts!", griff da die Anneliese ein, die die Faxen dicke hatte. Dass sie selbst noch immer zweifelte, behielt sie für sich.
„Misch du dich da nicht ein! Weiber haben schon zweimal nix verloren am Stammtisch!", knurrte Diego Ruopp.
Jetzt stand der Eduard Banzhaff doch auf und schnappte ihn am Kragen. „So sprichst du nicht mit meiner Frau, ist das klar!"
Es entstand ein Gerangel, in das auch die anderen bald involviert waren. Das komische Zwitterwesen stand amüsiert dabei und genoss seine Zuschauerrolle in vollen Zügen.
„Es ist doch wahrhaft herrlich, heimzukommen und dabei festzustellen, dass sich nichts verändert hat."
Die Anneliese Banzhaff nickte und brachte sogar ein Lächeln an den Mann. Dabei wurde ihr auf einmal ganz heiß und schwindelig, als sei sie Karussell gefahren oder zu schnell einige Wendeltreppen hinab gesaust. „Das hast du nun davon, wenn du die Kinder alleine zuhause lässt und dich bei Nacht und Nebel davon machst!" Es waren die letzten klaren Gedanken, ehe der Schwindel völlig von ihr Besitz ergriff.
Da hatte der Fremde genug von der Rangelei unter den Brüdern. Er trat auf den Stammtisch zu und bimmelte die in der Mitte stehenden Glocke. Das Läuten des geheiligten Utensils brachte schlagartig Ruhe in die lärmenden Brüder. Die starrten das fremdartige Wesen fassungslos an, die Münder bis zur Brust offen. Für Minuten schien die Zeit still zu stehen, als sei keiner im Raum zu irgendeiner Regung fähig.
Der Fremde unterbrach die allgemeine Regungslosigkeit. „Schaut mich nicht so an, als sei ich nicht dazu berechtigt, die Stammtischglocke zu läuten. Das bin ich nämlich sehr wohl, auch wenn ich es jetzt mehrere Monate nicht getan habe."
Den Bernie Kugel, der schon wieder das Maul aufriss, brachte er mit einer schroffen Handbewegung zum Schweigen. „Ja, ich habe mich verändert – nicht freiwillig, aber dennoch – warum, sag ich euch gleich – doch bin ich immer noch der Alte. Eigentlich hättet ihr mich längst an meiner Stimme erkennen müssen!"
Er hob die rechte Augenbraue, in Erwartung, dass jemand seinen Namen sagte – im vollen Bewusstsein, dass es nur einen gab, der dazu in der Lage war. Den musste er aber erst noch etwas kitzeln. „Na komm schon, Eduard – spann die anderen nicht auf die Folter!"
Der Angesprochene schrak zusammen, als sei er aus dem Winterschlaf gerissen worden. Es war jetzt das zweite Mal, dass er einen Namen aus der Runde nannte. Und wie er so einfach

die Glocke gebimmelt hatte …

Der Name formte sich; verbunden damit war ein ungläubiges Staunen und ähnlich wie seine Frau überfielen ihn Zweifel, obgleich er an der Identität nicht zweifelte. Gleich wie die Anneliese dachte er über das Paradoxon nach, das sich vor seinen Füßen breitete.

Das Nachdenken ging so lange, bis auch der Letzte im Raum die Geduld verlor. Es war der Diedrich Wollewein, dem man viele Seltsamkeiten nachsagen konnte, der aber wirklich mit einer Engelsgeduld gesegnet war. „Jetzt sag schon, wer das ist, Eduard! Wir können doch nicht die ganze Nacht hier warten!"

Der Angesprochene erschrak zum wiederholten Mal. Ihm war unwohl angesichts der vielen Augen, die auf ihn gerichtet waren. Also beeilte er sich, damit die Aufmerksamkeit von ihm fort floss. „Wenn ich mich nicht sehr täusche, dann sind Sie … bist du der Alfred Rossenegger."

Es war beinahe komisch, wie ihn zuerst die ganzen Gesichter entgeistert anstarrten und dann unisono zu dem Fremden wanderten, der dem genannten Stammtischbruder nun wirklich nicht ähnlich sah. Oder vielleicht doch?

Ein sehr breites und sehr erfreutes Lächeln trat auf das Gesicht des vermeintlichen Fremden. „Siehst du? War doch gar nicht so schwer."

Zum letzten Mal an diesem frühen Morgen herrschte eine allumfassende Stille, durch die man die Geräusche von oben hören konnte. In dem Fall war es ein Stöhnen und Rosies dumpfe Stimme, die beruhigend auf jemanden einsprach.

„Mit wem spricht denn die Rosie da?"

„Mit dem Wirt", antwortete Eduard Banzhaff, der als Einziger unter den Brüdern den lange verschwundenen Nachbarn anschauen mochte. Die anderen starrten lieber den Boden, den Tisch oder sonst irgendwas an.

„Was ist denn passiert?"

„Das sollten wir wohl dich fragen!", erklärte Diego Ruopp, der seine Schuhspitzen seltsam interessant fand.

„Das werde ich euch gerne erzählen", erwiderte der Rossenegger, „aber vielleicht lasst ihr uns daran teilhaben, weshalb ihr euch jetzt schon in aller Herrgottsfrühe im Stier aufhaltet. Dafür muss es doch eine logische Erklärung geben. Schließlich hast du deine Frau ziemlich in Ängste gestürzt, Eduard. Und deine tobt auch vor Sorgen im Haus umher, Diedrich, hab' ich mir sagen lassen."

Der Angesprochene schrak hoch, aber der Rossenegger hielt ihn auf. „Es ist besser, du bleibst hier!"

„Lass mich, ich muss zu meiner …"

„Die Zeiten ändern sich, mein Freund! Und zwar rapide! Es ist wirklich in deinem Interesse, wenn du erst mal bei uns bleibst."

Der Diedrich Wollewein schaute äußerst missmutig drein, doch weil er nie der Resoluteste war, ließ er sich zurück auf seinen Stuhl sinken.

„Was soll der Scheiß?", begehrte Bernie Kugel auf. Äußerlich tat er so, als sei er im Inneren nicht zutiefst verstört. Der Alfred sah aber durch die äußeren Schichten durch – als sei er plötzlich mit der Gabe des Sehers bestückt. Eine Ahnung stieg auf, die auch mit dem Wissen zu tun hatte, das er im Gepäck trug.

„Warum muss die Rosie jetzt den Wirt trösten? An eurem Konsumverhalten kann es nicht liegen. Der kann alleine von euch wohl immer noch recht gut leben."

„Ich wüsste nicht, was es dich angeht! Echt, verschwindet monatelang und tut dann so, als sei nichts gewesen! Das ist echt das Letzte!"

Rossenegger schaute dem Karl Braungart in die Augen, das heißt, er versuchte es. Weil der das Gesicht abgewandt hielt, klappte es nicht. „Die Zeit rennt davon! Na gut, ihr wollt mich nicht einweihen, dann muss das halt warten."

Tief seufzend ging er zur Theke, zapfte sich ein Bier und trank es in einem Zug leer. „Ah, wie hab' ich das vermisst!" Er füllte das Glas erneut und ging damit zurück zum Stammtisch.

„Keine Angst, ich werde meine Schulden begleichen."

Sein Lächeln fand keine Erwiderung. Das ließ ihn kalt. Er hatte einiges loszuwerden, ob nun unter Applaus oder fortgesetzter Feindseligkeit war völlig nebensächlich. Denn diese Nacht war anders, weil sie einen krassen Wendepunkt markierte. Die Genossen hatten das womöglich zu spüren bekommen und das war ihnen unheimlich; er mochte ihnen das nicht verdenken und es spielte ihm in die Karten, weil sie nicht allzu lange zögern durften.

Sein Blick fiel auf die Anneliese, die kreidebleich und in sich gekrümmt sie auf ihrem Stuhl saß; „Sie sieht aus, als mache sie sich um die Kinder Sorgen", dachte er, „irgendwo tief drinnen tut sie das sicherlich auch."

Er behielt sie im Blick; voller Argwohn, weil er nicht wusste, was geschehen würde. Er hatte einiges von den Plänen einsehen können, aber längst nicht alles. Er würde also seinen Anteil an Überraschungen erhalten und war deshalb auf der Hut.

„Wie ihr euch denken könnt, bin ich nicht freiwillig fortgegangen. Das habe ich dem Fräulein zu verdanken, das in jener Nacht meines Verschwindens im Stier saß. Sie folgte mir nach, entführte mich. Weil sie mich retten wollte. Dies ist die absolute Kurzfassung – mehr geht im Moment nicht. Das sie mich retten wollte, war ihr voller Ernst. Die Tode von Dick und Manfred sprechen eine deutliche Sprache. Bald geht hier ein gigantischer Scheiß ab. Darauf solltet ihr vorbereitet sein und am besten auf gepackten Koffern sitzen."

„Und mit dir auf Tuntentour gehen?"

„Ach Müllerchen, du bist ... Ach, vergiss es! Ihr werdet allerdings auf Tour gehen, unfreiwillig, so wie ich, aber es wird euch nicht erspart bleiben!"

„Was redest du da für einen Mist?"

„Bernie Kugel, ich spreche nur das aus, was du längst in deinem Herzen fühlst!"
Der Angesprochene lief puterrot an, so, als habe der als Tunte verkleidete Rossenegger ihm eine Liebeserklärung gemacht. „Ich fühle einen Scheiß in meinem Herzen!", schrie er nun, aufgebracht bis in die Haarspitzen.
„Das tust du nicht. Macht aber auch nichts. Wenn ihr klug seid, macht ihr euch reisefertig. Basta!" Die Ruhe des zurückgekehrten Stammtischbruders erzürnte die Brüder im höchsten Maße. Gerade deshalb, weil sie tatsächlich im Inneren etwas fühlten, dass sie unwohl sein ließ. Um so mehr nach den jüngsten Ereignissen im ehemaligen Waldbad.
„Wenn du sonst nichts mehr zu sagen hast, kannst du auch gehen. Da ist die Tür!", knurrte Diego Ruopp und wandte dem ehemaligen Saufkumpanen demonstrativ den Rücken zu.
Die anderen taten es ihm gleich. Wieder bildete Eduard Banzhaff die Ausnahme. Er schüttelte den Kopf und trat auf seinen Nachbarn zu. Die Umarmung kostete ihn Überwindung, aber dann fühlte es sich gut an. „Ich bin echt froh, dass du zurück bist. Wenn auch mit einer komischen Warnung."
„Seltsamen, meinst du wohl. Ja, klar muss die euch seltsam vorkommen – obwohl ihr schon etwas in euren Herzen spürt. So ganz lassen sich die Gene aus der Urzeit eben nicht stummschalten."
„Wie kommst du nur zu dieser Aussage? Klar sind in letzter Zeit kom … seltsame Dinge geschehen, aber …"
„Schau mich an! Ich kann dir ein Liedchen singen von seltsamen Dingen! Die Veränderungen, die sie an mir vorgenommen haben, sind zum Glück nicht alle permanent. Den entscheidenden Unterschied haben sie mir dran gelassen – aber auch bloß, weil ich es immer vermieden habe, dass sie mir den auch noch abnehmen. Das andere – die Haare, die Haut, das Weibische, die sind mir nicht mehr zu nehmen. Du glaubst nicht, was die für Mittel haben! Und die gedenken sie einzusetzen. Für alles Weibliche und gegen alles Männliche. Wer nicht für sie ist, ist gegen sie – und wehe denen! Der Antichrist ist weiblich, er ist eine Armee vielmillionenfach östrogengesteuerter Krieger!" Rossenegger stutzte. „Kriegerinnen."
Eduard Banzhaff runzelte die Stirn. Das heißt, er gedachte sie zu runzeln. Blöderweise wusste er, dass der Alfred keinen Unsinn erzählte. Nicht, wenn es um die ganz ernsten Themen ging. Das hatte er noch nie getan, dafür war er einfach nicht der Typ. „Kein Scheiß, hä?"
„Nicht die Bohne. Sieh her, was genau abgeht, weiß ich auch nicht. Ich weiß dagegen sehr wohl, dass es nicht alle Frauen erwischen wird. Manche scheinen … immun dagegen zu sein."
Hier fiel sein Blick auf die Anneliese, die zusammengesunken am Tisch saß. Der Eduard sah den Argwohn nur zu deutlich auf das Gesicht des Nachbarn kriechen. Nun war es nichts außer der Reihe, wenn seine Frau um diese Uhrzeit vom Schlafe überwältigt wurde – normalerweise lagen alle Anwesenden jetzt friedlich schlummernd in den Federn. Der Eduard

fragte sich, warum er die Anneliese nicht fragte, wer denn die Kinder im Moment bewachte. Er fragte sich weiterhin, weshalb er sich nicht darüber wunderte, dass sie den Alfred zum Stier begleitet hatte. Und er fragte sich, weshalb er darüber erleichtert war, dass sie nicht in der Nähe der Sprösslinge war.

Er nahm den Nachbarn sachte am Arm, führte ihn ein Stück von der reglosen Form seiner Frau fort. „Vielleicht sollten wir uns auf die Socken machen", flüsterte er verschwörerisch, mit dem Kopf auf die Anneliese deutend, „wenn die anderen nicht einsehen wollen, dass es zu ihrem Besten ist, meinetwegen. Ist ihr Leben!"

Die Antwort des Rosseneggers blieb aus, weil in dem Moment oben etwas geschah, das den fast vergessenen Wirt und die Rosie zurück in den Fokus rückte.

Etwas fiel polternd zu Boden. Alle Köpfe – bis auf den der Anneliese – gingen unisono nach oben. Dann drang dumpf die Stimme des Wirts in die Gaststube. „Rosie? Rosie, Liebes – ist alles in Ordnung?"

Die Sorge des Wirts – das verstanden auch die, die dumpfen Verstandes waren – galt nicht allein dem Wohlergehen der Bedienung, sondern auch dem des eigenen Leibes. Der Alfred Rossenegger reagierte prompt. „Sieh zu, dass du zu deinen Kindern nach Hause kommst und die Koffer packst. Ich stoße dann so schnell es geht dazu!"

Er reagierte damit fixer auf die Geschehnisse als die anderen, war aber trotzdem zu spät dran. Von oben kam ein Fauchen, dass den Karl Braungart zu der Aussage trieb „Jessas, ist jetzt dort eine Raubkatze eingedrungen?"

Nichts anderem musste sich der Wirt gegenüber sehen, denn seine Stimme klang nun schrill. „Rosie, jetzt musst du doch nicht gleich so wütend … Himmel! Wie siehst du denn aus?"

Lag es an der jahrelangen fast schon intimen Bekanntschaft mit dem Wirt des Stiers, oder einfach an internen, schrillenden Alarmglocken – die Brüder wurden allesamt bleich, selbst die Außenstehenden Wollewein und Müller.

Dann wiederholte sich das Fauchen, quasi als Antwort auf das von oben kommende. Als seien sie Marionetten, starrten nun alle gleichzeitig die Anneliese an, die sich langsam aus ihrer Zusammengesunkenheit erhob und die Anwesenden mit ihren veränderten Augen erschreckte.

Diego Ruopp flüsterte dem Eduard Banzhaff überflüssigerweise ins Ohr: „Sag mal, hat die Anneliese schon immer solche giftgrünen Augen gehabt?"

„ROSIE! JETZT SEI DOCH NICHT … ROSIE, BITTE! ICH …"

„Wir müssen was tun! Karl, Bernie – ihr kommt mit mir nach oben! Keine Widerrede! Siegfried, Eduard, Diedrich, Müller – ihr schaut zu, dass ihr die Schlüssel vom Wirt bekommt und den Bully fahrbereit macht!" Der Alfred Rossenegger sprach mit so viel Autorität, dass ihm ausnahmsweise keiner Widerworte gab. Womöglich lag es auch an der sich verwandelnden Anneliese Banzhaff, die den Brüdern den wahren Gottesschrecken in die Glieder trieb.

Der Braungart Karl und der Kugel Bernhard sahen zwar aus, als würden sie zum Schafott geprügelt, doch sie folgten dem Rossenegger nach oben, wo die Stimme des Wirts nun schon einen schrilleren Ton angenommen hatte – und das Fauchen erheblich lauter geworden war. Es war das erste Mal, dass sich der Bernie und der Karl ernsthaft einen Revolver an die Hüfte wünschten.

Unten glaubte der Siegfried, dem Eduard sagen zu müssen, dass er sich um seine Frau zu kümmern hätte. „Auch wenn sie jetzt diese komische Augenfarbe hat, ist sie immer noch deine Ehefrau, die drei Kinder ..."
Weiter kam er nicht, weil ihm der Eduard einfach kopfschüttelnd den Rücken zudrehte. Es war einer der Momente, in denen er sich fragte, wie er so viele Jahre mit einem Esel wie dem Diego Ruopp ausgehalten hatte. Gleichzeitig zerbrach er sich den Kopf, wie er die Frau, die einmal die Ehe mit ihm eingegangen war (was womöglich für sie momentan nicht mehr zählte) ausschalten konnte, ohne sie zu schädigen. Nur weil sie jetzt zur Gegenseite gehörte, waren die Gefühle nicht automatisch abgeschnitten – wenn die Anneliese das vielleicht auch etwas anders sah.
Die saß zum Glück unbeweglich auf ihrem Stuhl, das Fauchen ohne die Qualität des Originals von oben. Die Nerven der Brüder beruhigte das nicht. Die waren so schon völlig aufgelöst wie die Hühner und beäugten die veränderte Anneliese misstrauisch. „Die sieht aus, als will sie sich gleich auf uns stürzen", dachten sie.
„Wo hat der Wirt denn die Schlüssel für den Wagen?", drang die weinerliche Stimme des Diedrich Wolleweins durch die Stube.
„Schau doch in der Schublade nach!", knurrte der Müller.
„Hab' ich doch!", weinte der Wollewein weiter.
„Dann schau in der Küche nach!"
„Schau doch selbst!"
„Hey, warum kümmerst du dich jetzt nicht um deine Anneliese?"
Dem Eduard pochten die Äderchen auf der Stirn. Nicht nur, dass die Trottel Müller und Wollewein alles Erdenkliche unternahmen, dass sie nicht rechtzeitig von hier fortkamen, nein, der Herr Ruopp musste sich sogar noch dämlicher anstellen! Damit wenigstens diese Schwachstelle gestopft würde, drehte er sich zu dem Stammtischkumpel um, eine Augenbraue nach oben gezogen. „Tu ich gleich! Ich lasse dich als ihr Spielzeug zurück. Zufrieden?"
Dem Rossenegger erging es oben nicht besser. Kaum hatten sie die Treppen verlassen und standen im Flur des Wohntrakts, ging die Heulerei bei seinen beiden Begleitern los. „Es ist nicht recht, dass wir hier oben sind! Der Wirt hat uns doch nie nach hier oben gelassen!" Karl Braungart klang wie ein weinerliches Kind – dem Diedrich Wollewein nicht unähnlich.
„Das ist doch kein Fauchen mehr! D-da ist doch ... also, das hört sich doch mehr wie ein ...

Ja, also, wie ein …"

„Drachen an?" Rossenegger, der die Gedanken des Bernie Kugel genau erriet, half diesem nur zu gerne aus. Weil er auch die Reaktion seiner beiden Rettungsassistenten genau vorhersagen konnte, zog er sie ohne Mitleid mit. Die wären einfach stehen geblieben, wie vom Donner gerührt. „Den Schwanz einziehen gilt nicht! Wir müssen den Wirt retten. Den, der euch die ganzen Jahre so treu versorgt hat!"

Er merkte wohl, dass sie sich nicht recht bei der Ehre packen ließen, also zog er sie um so kräftiger mit sich. Ein bisschen hatte er Mitleid mit ihnen. Er hatte bereits in das Maul der Bestie geschaut, wenn auch nur auszugsweise. Die beiden waren absolut grün auf dem Gebiet. Es entband sie aber nicht von ihrer Pflicht. Alles, was männlich war und auch alles weibliche, das sich nicht vereinnahmen ließ, musste zusammenrücken und zusammenstehen. Anders würden die kommenden Zeiten nicht auszuhalten sein! Natürlich ging auch ihm die Düse, je näher sie an die Tür kamen, hinter der sich das Drama abspielte. Alle seine Instinkte schrieen ihn an, abzuhauen und sich nie wieder im Stier blicken zu lassen. Das würde einzuhalten sein – allerdings erst, wenn der Wirt gerettet war. „Eigentlich hatte ich auf ein letztes Bier gehofft", dachte er düster, „jetzt muss das warten, weil die Weiber schon anfangen!"

„Ich find ihn nicht!", rief der Wollewein verzweifelt.

„Dann reiß die scheiß Augen auf!", schrie der Müller gereizt zurück.

„Ich bin mit Idioten geschlagen!", verzweifelte der Eduard. Dann kam ihm ein Gedanke, der ihn die Luft anhalten ließ. Den Kumpels würde es gleich nicht anders ergehen. „Die Rosie hat den Wagen zurückgesteuert", erklärte er.

Zwei Gesichter liefen gleichzeitig weiß an und das in einer Geschwindigkeit, dass der Eduard Banzhaff dachte, sie würden ihm gleich umfallen. Er fand zu seiner Erleichterung aber sofort einen Weg aus dem Dilemma.

„Es muss einen Ersatzschlüssel geben. Den bewahrt er aber wahrscheinlich bei sich im Wohntrakt auf."

„Ich will da jetzt nicht hoch!", weinelte der Wollewein schon wieder.

Es mussten aber weder der Eduard, noch der Müller antworten und ihn erst recht nicht hochscheuchen. Das übernahm die Anneliese für sie. Sie erhob sich von ihrem Stuhl, dass dieser zu Boden krachte und dem Wollewein das Weinen schlagartig verging.

„Wo hat sie die denn her?", ging es dem Müller durch den Kopf.

„Du meine Fresse, wenn sie die schon die ganze Zeit gehabt hätte!", erschrak der Eduard.

„Sie sehen so dünn aus! Also, die müssen doch bei der geringsten Berührung brechen. Dabei sind sie so schön!", sinnierte der Diedrich Wollewein, der mehr fasziniert als verängstigt war angesichts der langen Fingernägel, die eher wie Krallen wirkten.

„Fehlen nur doch die Reißzähne", dachte der Müller noch, als die Anneliese den Mund aufmachte und ein paar golden glänzende Eckzähne präsentierte, die gleichwie die Fingernägel

schlagartig gewachsen waren.
Ehe sie die Treppe erstürmten, die zum oberen Trakt führte, von wo wenig angenehme Geräusche herunter drangen, standen sie fasziniert vor der runderneuerten Ehefrau Banzhaff, die der alten Erscheinung kaum mehr glich, weil nun auch die Haare lang und schwarz vom Kopfe hingen. Das alles sah trotz der Fingernägel und langen Eckzähne attraktiv aus, so dass allen Vieren eine Beule im Lendenbereich entstand.
Der Diedrich Wollewein vergaß sogar seine geliebte Roswitha und wollte schon in ungestümer Lust auf das erschreckende Weibsbild zustürmen. Der Müller und der Eduard hinderten ihn gemeinsam daran – wobei ihn Letzterer knurrend daran erinnerte, dass er dieses Prachtstück vor Jahren in der Kirche geheiratet hatte und deshalb alle anderen die Finger von ihr zu lassen hätten. Daran ändere auch der momentane Zustand nichts!
Der Müller hätte ihn am liebsten gelassen, damit er seine Lektion bekäme; er war sich nur nicht sicher, ob er die überlebt hätte, deshalb hielt er ihn zurück.
Die neue Anneliese studierte jeden ihrer Schritte, ansonsten machte sie keine Anstalten, ihnen folgen zu wollen. „Ist ja auch kein Wunder – sie weiß, dass wir da oben nicht fortkommen, sondern die Treppe zurück nehmen müssen!" Eduard Banzhaff hasste den Gedanken und vertraute darauf, dass ihnen, wenn's darauf ankam, schon der rettende Einfall kommen würde.
Wie sie oben angestürmt kamen, fanden sie die anderen im Flur stehen. Die erste Frage, die kam, war natürlich: „Habt ihr die Schlüssel?"
„Rosie hat sie. Sie ist zurück vom Waldbad gefahren."
Eduards Antwort missfiel den Kameraden selbstredend, erst recht, weil sie selbst noch keinen Schritt weitergekommen waren. „Und was ist mit den Ersatzschlüsseln?", zischte der Bernie Kugel.
„Und was ist mit dem Wirt?", zischte der Müller zurück.
„Wir arbeiten daran", erklärte der Karl Braungart.
„Die Zeit drängt!" Eduard nickte mit dem Kopf nach unten.
„So, hat's die Anneliese auch erwischt!" Dicke Runzeln traten auf Rosseneggers Stirn.
„Si. Was ist jetzt? Warum habt ihr den Wirt noch nicht rausgehauen?"
„Irgendwas blockiert die Tür, Müllerchen. Kannst ja mal probieren, durchzukommen."
„Schon recht, Bernie. Und jetzt?"
„Es ist alles still. Ob sie …"
„Nein, Diedrich. Wenn du genau hinhörst, kannst du sie knurren hören. Der Wirt scheint sich in einem Schrank eingeschlossen zu haben", erklärte der Karl Braungart kinnkratzend.
„Das darf doch alles nicht wahr sein!" Müllers Worte waren für einige Zeit die letzten kohärenten Äußerungen. Ansonsten hörte man nur das Geknurre der beiden Damen. Die Brüder dachten angestrengt nach, ohne dass ihnen recht was einfallen wollte.

„Sie könnte jederzeit hier herauf kommen!", erklärte der Wollewein irgendwann.
„Sie könnte, wird es aber nicht", erklärte der Eduard Banzhaff seinerseits.
„Wieso nicht?" Der Müller sah ihn an, als hätte der Eduard nicht mehr alle beisammen.
„Weil sie weiß, dass wir nicht fort können. Sie weiß, dass wir in der Zwickmühle sitzen."
Rossenegger servierte das Offensichtliche so, als sei er selbst völlig ungerührt. Gewissermaßen konnte er sich eine Ungerührtheit leisten – als Tunte passte er nicht recht in das Angriffsschema der beiden Furien. Dies gedacht, fand er endlich die lange gesuchte Lösung.
„Los, versteckt euch! Bitte schön so, dass euch die Rosie nicht entdecken kann! Das werdet ihr ja wohl hinbekommen!"
„Wir sollen uns verstecken? Geht's noch? Sind wir jetzt vielleicht im Sommerferiencamp der Dorfjugend, mit eitel Trallala, der Lenz ist da?" Nicht nur der Bernie, der die Worte gesprochen hatte, sondern alle schauten dermaßen deppert drein, dass der Rossenegger innerlich verzweifelte. Wäre da nicht die Ausnahme in Person des Eduard Banzhaff gewesen, er hätte die Brüder wohl im Stich gelassen. Der packte die Unverständigen und zog sie in eine Ecke, die die Rosie nie und nimmer einsehen konnte. Dem Bernie und dem Diego, die unbedingt aufbegehren wollten, hielt er drohend die Faust vor.
Alfred Rossenegger atmete auf. Es konnte also doch noch alles gut werden in der Nacht der angefangenen Wehen. Vorausgesetzt, die Stammtischhirnis mischten sich nicht vorzeitig in das Geschehen ein.
„Tief durchatmen!", befahl er sich, bis sein Pulsschlag langsam genug war. Er klopfte kräftig gegen die Tür und sprach mit erhobener Stimme. „Rosie, Liebes – lässt du mich wohl in das Zimmer?"
Während das permanente Knurren von unten weiter ging, hörte das aus dem Zimmer auf. Alfreds Mund verzog sich zu einem Grinsen. Schritt eins war getan – wenn er die Partie richtig spielte, würde am Ende für alle ein Gewinn herausspringen.
Obwohl er sich stählte und zu einem hohen Prozentsatz sicher war, dass sie ihn nicht angehen würde, weil er doch „passend gemacht" war, erschrak er, als sie die Türe aufmachte. Ihre Augen erstrahlten in einem tiefen Orange, die Haare, normalerweise schön brünett schimmernd, fielen in dicken Locken tiefrot vom Kopfe. Das alles war im höchsten Maße attraktiv, so dass dem Alfred das Liebesstöckchen unwillkürlich anstieg. Das suchte er tunlichst zu verstecken. Wenn die Rosie das bemerkte, wusste sie, dass er eben nicht dazu gehörte – dann war der ganze Plan fein im Arsch!
Es wurde sowieso knapp. Die Anneliese schien unruhig zu werden, lange würde sie sich wohl nicht mehr damit begnügen, Wache zu schieben. Und wenn ihn seine Ohren nicht täuschten, kamen weitere wilde Weiber angerückt. „Na, wie wunderbar!", dachte er. „Dass nicht einfach mal alles glatt gehen kann!"
Er tat so, als sei alles in bester Ordnung; trat ein, obwohl die Rosie nicht recht Platz machte,

zeigte auf den Schrank, der als einziges Möbelstück außer dem Bett im Raume stand und fragte: „Ist er da drin?"
Zur Antwort lief Rosie zum Möbelstück und fuhr mit den Krallen, die der Rossenegger erst jetzt bemerkte, über das arg zerschundene Holz. Innerlich jaulte der Alfred auf. Es war einmal ein sehr schöner Bauernschrank gewesen, den die Rosie jetzt zugerichtet hatte, als sei er in einem Löwenkäfig gestanden.
Der Wirt darin gab keinen Mucks von sich. „Recht so", dachte der Rossenegger, „du verhältst dich genau richtig. Wenn ich jetzt keinen Bockmist baue, oder die da draußen, wird wohl alles gut werden."
Betont lässig schritt er zum Schrank, rüttelte daran, als wolle er der Rosie bei ihrem Vorhaben helfen. Der gefiel das. Sie strahlte den Alfred an, als sei mit den Hauern im Maul etwas zu reißen. Der Alfred ignorierte die hässlichen Dinger und konzentrierte sich ganz auf den Rest des Gesichts, der so ungleich viel schöner war. Das tat er, damit er, wenn der Moment gekommen war, nicht zu viel Schaden bei der Rosie anrichten würde. „Das muss ja nicht sein!", dachte er. „Sie soll mir hinterher nicht böse sein und doch wieder Bier servieren."
Letzteres, das war ihm klar, war nicht unbedingt zu haben. Nur dann, wenn sich die Dinge wieder zurechtrücken ließen, was ein hartes Stück Arbeit bedingte. „Alsdann – beginnen wir mit dem Wirt!"
Draußen im Gang wurden die Männer um den Eduard Banzhaff immer unruhiger. Sie hörten die Anneliese und die heranrückenden Weiber.
„Was macht der so lang da drin?" Der Eduard fing den Karl Braungart gerade noch ab, ehe der auf die Tür zutreten konnte. „Ruhig, Karl! Du hast den Alfred gehört. Jetzt ist nicht die Zeit für übereilte Aktionen!"
„Du hörst die da aber auch, oder?" Bernies Augen traten so groß hervor, dass sie beinahe überliefen.
„Er wird sich noch einen Sehschaden holen, wenn er die Dinger immer so weit aufreißt!", dachte Banzhaff. Nach außen strahlte er eine nahezu perfekte Ruhe aus. „Sie sind wie kleine Kinder", dachte er, „denen du jetzt erklären musst, dass der böse Wolf zwar am Anrücken ist, sie aber trotzdem im Versteck bleiben müssen, weil es so besser ist!"
„Wir bleiben. Der Alfred weiß genau, was er macht. Keine Widerrede!" Dies sagte er dem Siegfried Diego Ruopp, den Zeigefinger in dessen Gesicht gestreckt, der schon aufbegehren wollte.
Man hörte auf ihn und betrachtete ihn als Leitwolf. Dies sah der Eduard mit großer Genugtuung. In Gedanken rief er dem Nachbarn aber zu, dass der sich bitte beeilen solle. Die Lage spitzte sich von Sekunde zu Sekunde zu. „Fünf Minuten, dann belagern sie uns wie eine Burg!" Er wollte dann nicht mehr dort sein, sondern längst das Weite gesucht haben.
Der Alfred gab ihnen noch weniger Zeit. Das war ja das Fatale. Einerseits musste er sich spu-

ten, andererseits durfte er nicht vorschnell handeln. Damit würde er alles ruinieren. Die Rosie musste bis zum Schluss davon überzeugt sein, dass er auf ihrer Seite stünde.
Das Blöde war, dass er allmählich Gefallen an dem Spiel fand. Er roch den kauernden Wirt förmlich in seinem Kabuff, als sei er ein wildes Biest, mit den Sinnen eines Raubtieres ausgestattet. Das stachelte an und gewann ihm die absolute Freundschaft der Rosie, die, wären sie in freier Wildbahn, ihn wohl gleich besprungen hätte.
In Rosseneggers Kopf ging es drunter und drüber. Das neue Gefühl der Wildheit stritt gegen den alten Alfred, der seine Kumpels niemals im Stich lassen würde. Auch nicht für die wilde Version der Bedienung des Brüllenden Stiers.
Natürlich verzögerte dieser Kampf alles – in erster Linie die Befreiung des Wirts und damit auch der Brüder. „Und wahrscheinlich verdreht mir die Rosie noch den Kopf, wenn ich nicht schnell aus ihrem Einflussbereich verschwinde!" Ihm wurde richtig schwindelig und er musste alles darein setzen, um nicht dem Gefühl der primitiven Lust zu erliegen. Ah, diese Bilder. Ihr biestiger Körper, der pure Trieb, ein Paarungsgehabe wie in der Tierwelt. Er als der Auserwählte dieses Prachtstücks, die ihn wer weiß wie lange freien würde, womöglich, bis ihm die Säfte heftigst überkochten!
Seine Rute stand schmerzhaft steif, wie ein Laternenpfahl und das weckte die Gier der Rosie. „Sie akzeptiert mich so, wie ich bin!", stellte er verwundert fest und sein Widerstand schmolz dahin.
Er wollte sie, jetzt und hier, mit allem und für eine unendliche Zeit. Der Gedanke schmeckte dem Alfred ausnehmend gut und er leckte sich die Lippen, synchron mit der Rosie, die aussah, als würde sie ihn wirklich gleich bespringen.
Draußen wurde der Eduard der Lage immer weniger Herr. Das wilde Weibervolk kam schnellen Schrittes näher, die Anneliese gebar sich immer mehr wie ein wildes Tier. „Die ganze Zeit haben die Weiber den Stier gemieden! Warum müssen sie jetzt unbedingt alle anrücken?", dachte er verzweifelt.
Er kannte die Anzeichen der angaloppierenden Panik nur zu genau! Weite Augen, die stetig größer zu werden schienen, Schweiß, der alles durchtränkte, die Hände, die einfach nicht stillhalten konnten. Alle fünf, der Diedrich, der Karl, der Bernie, der Siegfried, der Müller – alle fünf waren dabei, den Kopf zu verlieren. Wenn's so weit war, konnte er auch nichts mehr machen. Dann war drinnen alles entschieden, oder alles wohlweislich beim Teufel.
Die Kinder jedoch! Allein um der Kinder willen mussten sie hier mit heiler Haut herauskommen! Ach, wenn doch nur schon alles vorbei sei!
Drinnen im Zimmer schritt der Alfred unauffällig zum Fenster und suchte, in der aufhellenden Dunkelheit, die Höhe abzuschätzen und ob ein Mensch den Sturz unbeschadet überstehen könnte. Es war der letzte Ausweg, die Rammbocklösung, weil doch die Zeit abgelaufen war. Dumm nur, dass er sich nicht sicher war, ob die Rosie den Sturz überleben könnte. Er wollte

ihr nun wirklich keinen irreparablen Schaden zufügen – oder sie gar ins Grab befördern. Das würden ihm wohl auch die Brüder nicht verzeihen. Nicht, nachdem sie sie jahrelang treu bedient hatte! Aber ach, die Zeit!
„Eduard – lass mich jetzt durch! Echt, Mann! Ich mein's ernst. Wenn du mich nicht durchlässt, echt, ich hau dir eine aufs Maul!" Bernie Kugel sah aus wie ein verzweifelter Stier.
Eduard Banzhaff wusste nur zu genau, was das bedeutete. Das Stadium der Vernunft war vorbei. Reden brachte jetzt nichts mehr – entweder, er ließ ihn ziehen, oder er verpasste ihm eine, dass es sich gewaschen hatte.
„Schöner Scheiß!", dachte er und ballte die rechte Hand zu einer Faust. Er hatte in seinem Leben noch keinen verprügelt und dachte, dass es der völlig falsche Zeitpunkt sei, um damit anzufangen; der Saufbruder würde ihn wahrscheinlich auslachen und einfach davon hechten. „Vielleicht", so dachte er, „sollte ich einfach rennen lassen. Die Anneliese wird ihm schon den lebenden Graus einflößen!"
Von unten kam ein lautes Gepolter, als ob sie ihn gehört hätte. Stühle fielen um, Gläser zersprangen klirrend. Es hörte sich an, als tobe ein Tornado durch die Gaststube.
„Sie macht alles kaputt!", flüsterte der Karl Braungart. Als wolle sie ihn bestätigen, tönte die Stammtischglocke in einer Art und Weise, dass es nur als Radau zu beschreiben war.
Das weckte die Brüder aus ihrer Starre! Die Gesichter, gerade noch voller verwirrter Furcht, verwandelten sich in die von fassungslosen Helden, die diesen Frevel unter keinen Umständen duldeten.
„Sie ist schlau!", stellte der Eduard in einer Mischung aus Irritation und Stolz fest. „Sie weiß genau, dass sie eine heilige Grenze verletzt hat und dass die Brüder dies niemals dulden werden! Sie hat sie, wo sie sie haben will!"
Jetzt musste er die anderen immer noch im Zaum halten – aber auf eine andere Weise. Eine kopflose Flucht war passé, an ihrer Stelle dachten sie daran, die impertinente Person in die Schranken zu weisen. „Eine heillose Dummheit ersetzt die andere. Was habe ich eigentlich verbrochen, dass ich diesen Scheißjob innehalte?", dachte er voller Verzweiflung. „Es könnte mir doch endlich jemand zur Hilfe eilen!"
Mit den Worten stellte er sich wie ein Torwart, der viele Bälle gleichzeitig zu halten hatte, vor die versammelte Burschenschaft, im Wissen, dass er auch gleich versuchen konnte, ein zerschossenes Aquarium mit bloßen Händen am Auslaufen zu hindern.
Das Lärmen drang freilich auch ins Zimmer, an die Ohren der Rosie und des Rosseneggers. Während der Alfred aufpassen musste, damit ihm nicht die Gefühle durchgingen, ließ sich die Rosie richtig gehen. Sie überhörte gar den Wirt, der sich zum ersten Mal, seit der Alfred den Raum betreten hatte, vernehmen ließ. Der Inhaber des Brüllenden Stiers konnte sich nicht zurückhalten angesichts der Zerstörung des Inventars, die offensichtlich vonstatten ging. Auch der Rossenegger erkannte den Sinn hinter der scheinbar planlosen Zerstörung des Stiers.

Die Anneliese wusste nur zu genau, wie sie die Brüder locken konnte – das Gebimmel der Stammtischglocke war wie ein rotes Tuch für seine Genossen – Ehefrau Banzhaff, oder das, was von ihr übrig war, hatte eine heilige Grenze überschritten und die manchmal etwas schlichten Gemüter kannten nur eine einzige Reaktion darauf; Rossenegger konnte förmlich sehen, wie alle Vernunft aus ihnen wich.

„Gott soll's verhüten, dass der Eduard auch durchdreht! Er ist der Einzige, der nicht darauf hereinfällt." Das glaubte er unbesehen. Für ihn war der Nachbar derjenige, der die Brüder davon abhalten konnte, in die offenen, rotierenden Messer eines Häckslers reinzurennen. So in etwa stellte er es sich vor, wenn die Anneliese die Männer unten in Empfang nahm.

Aber er wusste auch, dass sie längst über der Zeit waren und jetzt dringend etwas zu geschehen hätte, damit es nicht zum großen GAU käme.

Rossenegger sammelte allen Mut zusammen und ließ die verschiedenen Baustellen bewusst durch seinen Kopf laufen. Draußen das kommende Unheil, unten das Unheil auf zwei Beinen, hier oben Angsthasen mit zu wenig Gehirnmasse und hier drin er selbst, mit einer verwandelten Bedienung und einem in die Enge getriebenen Gastwirt.

„Also gut." Er ballte die Hände zu Fäusten und schritt auf die Rosie zu. Er musste darauf hoffen, dass der Überraschungsmoment groß genug sei und er die Bedienung überwältigen konnte, ehe die wusste, was geschah. „Wenn es weiter nichts ist", dachte er und scheuchte das Bild davon, dass er in Wahrheit einen furchterregenden Yeti kampfunfähig zu machen gedachte.

„Du bringst es nicht!", sprach er flüsternd die niederschmetternde Wahrheit aus. „Du könntest nicht einmal ein wehrloses Meerschweinchen entwaffnen!" Die Erkenntnis war wie ein heftiger Hieb in den Magen und er glaubte, das alles nun verloren sei, weil sie alle mit der Situation heillos überfordert waren und er unfähig war, über seinen Schatten zu springen.

Und dann stürmte die Rosie einfach aus dem Zimmer und ließ einen entgeisterten Alfred Rossenegger zurück, der sein Glück nur ganz allmählich begriff und die Brüder, die, zurückgeschreckt von der andersartigen Rosie, sich gerade schnell wieder in die Ecke gedrängt hatten, glotzten blöd hinter der Bedienung her, die mit einem Mordskaracho durch den Gang stürmte und die Treppe hinab schoss, als gelte es, einen Weltrekord zu brechen. Nur der Eduard erfasste die Chance, die sich ihnen bot, packte alle fünf und zog sie in das Zimmer, wo der Alfred sich gerade gefangen hatte und den Wirt aus dem Schrank befreite.

Der schaute verständlicherweise aschfahl drein, der Eduard musste ihn aber am Kragen packen, um auch ihn an einer Dummheit zu hindern. „Du kannst da unten nichts ausrichten, hörst du! Die Rosie macht das für dich, unfreiwillig zwar, aber jedenfalls nicht für ewig, so viel steht fest! Du musst jetzt die Situation ausnutzen und deine Sachen packen. Hurtig, in zehn Minuten hast du alles beisammen!"

Der Wirt machte den Mund auf, um zu protestieren, aber der Alfred zog ihn einfach mit sich.

Gleich darauf kamen sie mit einem Koffer zurück und der Wirt stopfte hastig Dinge in das alte Stück hinein, das vor mehr als vierzig Jahren modern gewesen war. Begleitet wurde die Packerei von einem Soundtrack des Fauchens, das immer mehr den Eindruck erweckte, dass sich dort unten zwei sibirische Tiger duellierten. „Die sind riesig!", dachte der Wollewein und versuchte vergeblich, die Bilder von zwei gigantischen Raubkatzen zu verscheuchen, an denen sie sich vorbei zu schmuggeln hatten.

Als der Wirt den Koffer schloss, fiel dem Eduard endlich wieder ein, weshalb sie nach oben gekommen waren. „Hast du die Ersatzschlüssel für deinen Wagen bei dir?", fragte er den Wirt.

„Wieso die Ersatzschlüssel? Die richtigen hängen unten am Haken. Ihr müsst ..." Plötzlich fiel ihm ein, dass die Rosie den Wagen zurückgefahren hatte. „Ich hol' sie."

Kurze Zeit später kam er mit den Schlüsseln zurück. Da hörte er sich so an, als würden sie gleich durch ein Schutthaufen laufen müssen. Dem Wirt wurde hundeelend zu Mute.

„Können wir gleich auch noch packen?", fragte der Bernie Kugel mit etwas zurückgewonnener Selbstsicherheit.

„Ihr könnt alle noch packen. Schnell, ohne Verzögerungen. Ihr hört die Weiberarmee. Sie lassen euch nur bedingt Zeit. Alles muss schnell und reibungslos verlaufen! Oder wir können die Sache gleich vergessen!", erklärte der Alfred Rossenegger.

„Am besten fangen wir gleich mit dem reibungslosen Ablauf an!", verkündete der Wollewein. „Ich glaube, die Frauen sind schon im Hof!"

„Nenn sie ruhig Weiber, Diedrich! Das sind sie nämlich – wildgewordenes Weibervolk!" Der Müller starrte den Sonderling finster an, als gehöre er auch der Armee der östrogengesteuerten Wesen an.

Danach ging alles schnell. Die Angst verlieh den Brüdern gewaltige Flügel. Nacheinander schritten sie die Treppe hinab, vorbei an den kämpfenden Furien, die sich heftig in den Haaren hatten, weswegen die verängstigten Stammtischbrüder plus Anhängsel ungesehen vorbei kamen. „Die Rosie ist eben doch die Beste!", dachte der Eduard und richtete gleich noch ein Gebet an den Himmel, dass beide Kampfhennen unbeschädigt bleiben sollten. „Und die tiefen Kratzer im Gesicht, die sollen bitte schön gut heilen!", fügte er hinzu.

„Himmel, das sind doch keine Fingernägel mehr, was die da haben. Das sind Raubtierkrallen!" Nicht nur dem Karl Braungart wurde es Angst und Bange bei der Ansicht. Sie schlichen sich auf Zehenspitzen aus dem Stier, obwohl die Furien ganz offensichtlich nur sich selbst wahrnahmen. Da war kein Raum für Anderes, aber die Vorsicht war nun mal die Mutter der Porzellankiste und deshalb freuten sie sich daran, unbelästigt an den Kämpfenden vorbei gekommen zu sein; als hätten sie einen wichtigen Sieg errungen war es ihnen.

Sekunden lagen zwischen Erleichterung und tiefem Entsetzen.

Der Hof war voller Frauen und alle starrten sie an, als böten sie eine Show.

Den Brüdern fiel dieselbe Filmszene ein. Die Helden des Films waten durch ein Heer von Vögeln, und sind tunlichst darauf bedacht, den Ball flach zu halten, damit die Tiere nicht unnötig aufgeschreckt werden. „Macht ja keine ruckartigen Bewegungen! Wir gehen jetzt ganz langsam zum Auto vom Wirt. Dass mir keiner ausschert, hört ihr!" „Sicher ist sicher!", dachte der Eduard. Er traute seinen Genossen zu, dass sie die Horde in Aufregung versetzen könnten, überwältigt von der Angst, die sie alle fühlten.

Sie folgten seiner Anweisung, obwohl es unsäglich schwer war mit den vollen Hosen. Allen war zum Schreien und Wegrennen und Heulen und noch mehr die Hosen füllen.

Die geballte Weiblichkeit stand im Hof, nur unweit des Familienautos des Wirts, das er nur hatte, um stark betrunkene Gäste nach Hause zu befördern. Jetzt war es sehr dienlich – wenn der komplett verwandelte feminine Teil des Ortes sie passieren ließe.

„Ein Königreich für eine Ablenkung!", dachte der Diego Ruopp.

Das versprochene Reich konnte er sich schenken. Der Wirt, der dem Tross voran ging, war zwei Schritte von seinem Auto entfernt, da trat ihm die örtliche Klavierlehrerin in den Weg. Von Natur aus groß gewachsen, schien sie ein weiteres Stück an Höhe dazu gewonnen zu haben. Erst dachte der Wirt, sie trüge Stöckelschuhe, dann aber sah er, dass sie barfuß war. Trotzdem überragte sie ihn um anderthalb Köpfe.

Erst schien es, als wolle sie zu den Brüdern sprechen, aber dann drehte sie sich mit einem Triumphschrei zu den anderen Frauen um.

„Seht her! Die räudigen Säufer verlassen den Hort der Völlerei. Nun ist es an uns, den Tempel der Hurerei und des widerwärtigen Saufgehabes dem Erdboden gleich zu machen!"

Der Eduard trat dem Bernie auf den Fuß, der den Mund zum Protest geöffnet hatte. Den Wirt stützte er, wohl wissend, dass dem die Knochen weich wurden angesichts dieser Worte.

Als die Weiber sie unbelästigt stehen ließen, dachten alle denselben Gedanken: „Scheiße, wir haben kein Bier mitgenommen!"

Der Müller hielt den Wollewein am Kragen fest, der seiner Roswitha nachstiefeln wollte. „Auch wenn du ein halbes Weib bist, hast du da drinnen nichts verloren!", zischte er ihm zu.

Als sie endlich im Auto saßen, fing der Wirt hemmungslos zu weinen an. „Das hat er nicht verdient!", dachte der Eduard und schlug ihm wohlwollend auf die Schultern.

Nach ein paar Minuten hatte der Wirt sich gefangen. Er startete den Wagen und fuhr ohne Anweisungen zum nächstgelegenen Haus seiner Kundschaft. Er kannte die Strecke in- und auswendig; noch im Schlaf hätte er sie fahren können. Die Male, die er einen oder mehrere der Brüder gefahren hatte, ließen sich nicht zählen.

Der Ort lag in gespenstischer Stille. Alles, so schien es, was nicht im Auto saß, war im Stier. Aber das war ein Trugschluss, wie der Eduard gleich darauf anmerkte.

„Was ist mit den Kindern? Was wird mit ihnen geschehen?"

„Wir können nicht alle mitnehmen. Nicht gleich jedenfalls", antwortete der Bernie Kugel.

„Schöner Scheiß!", rief der Diego Ruopp.

„Bernie hat recht. Wir müssen uns hinterher eine Strategie ausdenken, wie wir sie aus den Fängen der Frauen befreien", merkte der Alfred Rossenegger an.

„Hinterher? Willst du sie in die Krallen dieser Furien lassen?" Karls Augen stachen aus seinem weißen Gesicht hervor wie zwei Murmeln.

„Wenn wir nicht zusehen, dass wir von hier fortkommen, werden wir bald gar nichts mehr machen! Den Kindern werden sie nichts tun. Auch den Jungen nicht. So viel Frau steckt bestimmt noch in ihnen drin!" Der Alfred Rossenegger war am Rande der Toleranzgrenze angelangt.

„Vielleicht wollen sie auch nicht mit.", sagte der Müller.

„Was ist das für ein scheiß Gedanke?", knurrte der Diego Ruopp.

„Das ist kein scheiß Gedanke", entgegnete der Eduard. „Kinder hängen oft an den Müttern, schließlich haben die sie getragen und geboren."

„Wir werden ja gleich sehen, was Sache ist", sagte der Wirt. „Diego, sieh zu, dass du hinne machst! Du hast zehn Minuten."

Der Siegfried „Diego" Ruopp schoss aus dem Auto wie ein Blitz. Den anderen schlug das Herz bis zum Hals. Jeder, der Kinder hatte, dachte daran, was wohl wäre, wenn die Kinder sich weigerten, mitzukommen. Das wollte keiner erleben müssen. „Es würde aber so gut passen, wenn sie sich weigern!", dachte der Eduard und schloss die Augen zum Gebet.

DIE FLUT

„Der Koffer ist doch viel zu klein!", dachte Karin Altmeyer, die das Gepäckstück mit Schweiß und Kampf geschlossen hatte. Anfangs hatte sie die Sachen hastig hinein gestopft, angetrieben von einer Angst, der sie keine rechte Gestalt geben konnte. Die Ansicht draußen war schon ein Ansporn gewesen, aber mittendrin war plötzlich der Widerwille daher gekommen und hatte sie langsamer werden lassen. „Wer bin ich denn, dass ich jetzt meine Sachen packen muss, als müsste ich mich wie ein Dieb in der Nacht auf und davon machen? Und wenn ich schon packen muss, dann will ich alles mitnehmen. Die da sollen ihre dreckigen Finger nicht an meine Sachen bekommen!"
Der Widerwille wich und machte der Wut Platz. Es war nicht fair, dass die eigenen Angehörigen sie aus dem Haus trieben wie räudige Katzen! Und den Vater noch dazu, der die Familie immer wie ein wütender Bär verteidigt hatte! „Dafür solltet ihr euch schämen. Die Hintern sollte man euch grün und blau schlagen, ihr elendige Schlangenbrut!"
Karin ballte die Hände zu Fäusten und stürzte zum Fenster, um es aufzureißen und laut hinaus zu brüllen, dass sich alle wildgewordenen Weiber gefälligst zum Teufel scheren sollten. Sie ließ es sein, weil es augenscheinlich niemanden zum Anbrüllen gab. Das Dorf lag verlassen, als sei jemand gekommen und hätte die Versammlung einfach fortgekehrt.
Dem Vater war es auch schon aufgefallen. „Sag bloß – hat sich ein Erdloch aufgetan und alle verschluckt?", kam er ins Zimmer gestürzt.
„Schön wär's!" Karin starrte angestrengt nach draußen, um die feinen verräterischen Dinge erkennen zu können, die die Hinterlist der neuen Weiblichkeit dahin gaben.
„Und – siehst du was?", fragte Papa Altmeyer gutgelaunt.
„Nein. Sind die jetzt wieder in die Berge gegangen oder was?"
Die Fröhlichkeit des Vaters wich etwas. „Hach, wer weiß das schon?", entgegnete er mit einem Stoßseufzer.
„Es wäre das Beste! Dann müssten wir nicht unsere Sachen packen und von hier verschwinden!"
„Das lässt sich leider Gottes nicht verhindern, Kleines. Für's Erste jedenfalls. Für immer werden wir unser schönes Zuhause nicht aufgeben."
„Du rechnest damit, dass es nur ein vorübergehender Zustand ist?"
„Du nicht?" Papa Altmeyer schaute seine Tochter mit großen Augen an. Die gute Laune war nun völlig dahin.
Karin Altmeyer schüttelte den Kopf. „Tut mir Leid, Papa! Es scheint mir eine längerfristige

Sache zu sein."
„Karin, was du da sagst ..."
„Hat Hand und Fuß!", dachte die Angesprochene und wollte am liebsten den Vater reflexartig in die Arme nehmen. Der sah aus, als realisiere er zum ersten Mal das Ausmaß der Misere. „Ja, es ist hart, wenn man kapiert, dass die Sache nicht in wenigen Tagen ausgestanden ist!", dachte Karin und schnappte sich ihren Koffer. „Komm, Papa – wir müssen los!"
Der Vater folgte ihr wie ein Schlafwandler aus dem Zimmer, packte das eigene Gepäckstück wie ein Roboter und trug ihn die Treppen hinab.
„Wo gehen wir eigentlich hin?", fragte sie über die Schulter.
„Tante Friedas Wochenendhaus. Es ist alt und schäbig, ein paar Tage lässt es sich dort aber schon aushalten." Die Art und Weise wie er es sagte, lässig, beiläufig – EXTRA lässig, beiläufig – zeigte deutlich, dass er nicht von seiner Vorstellung abrücken wollte, dass dies alles nur ein kleines, lästiges Intermezzo sei. Karin ließ ihn gewähren, obwohl sie deutlich den Abwehrschild erkannte.
In der Garage packten sie das Gepäck in den Kofferraum. Als der Deckel zuklappte, wurde es beiden unheimlich schwer ums Herz. Papa Altmeyer gab es offiziell zwar nicht zu, im tiefsten Inneren wusste er aber, dass sie weit mehr als ein paar Tage von dem geliebten Zuhause entfernt bleiben würden. Das Zuhause, das einer Trutzburg in feindlicher Umgebung glich, das sie behauptet hatten trotz allem antagonistischem Tun der Umgebung. Es war, als seien all diese Kämpfe vergeblich gewesen. Karin dachte verbittert: „Was zählen die vielen gewonnenen Scharmützel, wenn du am Ende doch davon gejagt wirst wie ein räudiger Hund?"
Sie fühlte sich ausgelaugt, als sei sie bereits seit Stunden auf der Flucht; in Wirklichkeit war es der absolute Widerwille, das geliebte Zuhause aufgeben zu müssen. Es war das letzte Aufbäumen gegen die Mächte, die ihnen jegliche Wahlmöglichkeit genommen hatten.
Sie fielen sich niedergeschlagen in die Arme, zwei geschundene Seelen vor dem großen Exodus mit ungewissem Ausgang.
„Wir werden zurückkehren!", erklärte Karin mit fester Stimme. „Wir werden zurückkehren und dann wird uns nie wieder jemand aus unserem Haus vertreiben!"
Papa Altmeyer nickte nur stumm und schob das Garagentor mit zugekniffenen Lippen auf. Beinahe wäre es ihm auf den letzten Zentimetern aus den Händen geglitten, weil der Hof auf einmal, wie von Zauberhand, voll war mit diesen grässlich gutgelaunten (Weibern) Frauen. Papa und Tochter bekamen da gleichzeitig einen dicken Kloß im Hals.
Mama Altmeyer lächelte, als sei sie ihnen freundlich gesinnt. Karin war sich nicht sicher, ob die Mutter sich ihrer Wirkung bewusst war. Sie hoffte, dass sie das Instrument nicht absichtlich einsetzte, weil es den allerletzten Dominostein umwerfen und die Familienbande endgültig entzwei reißen würde. „Sie ist der Wolf, wir das Rotkäppchen und die Großmutter!", dachte sie und nahm den Vater sachte am Ellbogen.

„Aber Rolf", flötete da die Mutter. „Wohin willst du denn mit unserer Karin?"
„Einkaufen", entgegnete Karin gedankenschnell.
„Ach?" Die hochgezogene Augenbraue machte deutlich, dass Mama Altmeyer der Erklärung keinen Glauben schenkte.
„Ja." Das war alles, was Papa Altmeyer sagte, wohlwissend, dass ihn die Stimme im Stich lassen würde und er nicht allzu viel mit seiner Frau sprechen durfte, weil die ihn sonst um den Finger wickeln würde – Verwandlung hin oder her. Er stieg ohne Umschweife ins Auto und zog mit Nachdruck die Türe zu.
Karin wollte es ihm gleich tun, doch da standen schon die Schwestern parat. „Wie sind die so schnell hierher gekommen?", dachte sie und wich den beiden unwillkürlich aus.
„Na, na, Schwesterherz, wer wird denn hier das Weite suchen wollen, wo doch der Spaß gerade los geht?" Lara, älteste Tochter im Hause Altmeyer, klang dermaßen überzeugend freundlich, dass sich Karin fragte, wie sie so schnell das Schauspielern gelernt habe.
„Unseren Papa willst du entführen, also, schämst du dich nicht?" Sabrina schlug spielerisch auf Karins Arm. Sie war die dritte in der Reihe der Mädchen, was das Alter betraf. Papa Altmeyer bezeichnete Karin immer scherzhaft als „Sandwichkind". Er hatte alle drei gleich lieb und sie immer fair und gut behandelt. Sie mochten ihren Papa, den lieben Rolfi, dem niemand richtig ernsthaft böse sein konnte. Genau das war die Crux!
Lara und Sabrina und selbstredend Mama Tanja wussten sehr genau, wie sie Papa Altmeyer um die Finger wickeln konnten.
„Ach, Papi. Papi! Du willst doch nicht wirklich wegfahren, hm?" Laras Schnute war berühmt für ihre Zauberwirkung.
„Hat die böse Karin dich überreden wollen, uns im Stich zu lassen?" Sabrinas Augenaufschlag war nicht minder berühmt. „Ach, Rolfchen. Mein liebes Rolfchen, du weißt doch, wo dein Platz ist."
„Verdammt, er wird weich! Wir sind viel zu spät los gekommen!" Karin ballte die Hände zu Fäusten. „Und wieso werde ich jetzt als die Böse dargestellt?"
Ihr Blick kreuzte sich mit dem ihres Vaters. Darin stand die pure Resignation geschrieben. Wie sie schon gedacht hatte, konnte er sich dem geballten Einfluss der drei weiblichen – verwandelten – Familienmitglieder nicht entziehen.
Mama Altmeyer öffnete die Türe, zog den zaudernden Ehegatten vom Sitz und schloss ihn kräftig in die Arme.
Von der weiblichen Wand kam ein gemeinsames Seufzen, so als betrachtete man einen Schmachtfetzen und nicht eine wahrhaft grausige Szene. Karin drehte sich widerwillig zu den vielen Frauen um und verstand gleich, dass sie dankbar darum sein konnte, dass deren Blicke einzig auf die „rührende" Szene gerichtet waren.
„Was stehst du noch da herum?" Die plötzliche harsche Ansprache der Mutter wirkte wie

ein Peitschenhieb. Karin zuckte zusammen. Erst recht, als sie den eiskalten Blick von Mama Altmeyer sah. Gleichzeitig war es ihr, als brennten die Augen der weiblichen Dorfbevölkerung Löcher in ihren Rücken.
Wie konnte nur alles so schnell den Bach runtergehen? Im Rekordtempo, sozusagen. Karins Augen füllten sich, obwohl sie alles daran setzte, nicht vor dem Mob zu weinen. Es gelang ihr bis zur finalen Urteilsverkündigung.
„Du kannst gehen. Eine gute Reise wünsche ich."
Damit war sie entlassen. Zack, einfach so war das alte Familienleben vorbei und sie in die Kälte hinaus gestoßen. Sie war klug genug, um zu verstehen, dass sie nicht nachfragen, diskutieren oder gar betteln sollte. Sie konnte sich dahingehend aber nicht beherrschen.
„Das ist nicht dein Ernst, oder? U-und wenn ich schon gehen muss, dann mit Papa. Wie soll ich denn sonst von hier fortkommen?"
Mama Altmeyer reagierte prompt. Sie stand so schnell bei Karin, dass die schon wieder an Zauberei dachte, packte das Mädchen am Arm und zerrte sie durch die Weibermenge, die, als sei es einstudiert, eine Gasse bildete. „Selbst die fürchten sich vor ihr!", dachte Karin, bei der die Verzweiflung rasant zunahm.
Sie schleifte die Tochter die ganze Straße entlang, bis die in die Hauptverkehrsstraße einbog. Dort ließ sie den Arm los. Karin fühlte die Finger noch minutenlang, die sie so stahlhart gepackt hatten. Weitaus schlimmer aber waren die seelischen Schmerzen, die der Ausdruck der ganzen jämmerlichen Misere waren.
„Du hörst mir jetzt gut zu! Du kannst von Glück sagen, dass ich für dich eingetreten bin! Sonst hätte es übel für dich ausgesehen! Also, jetzt sei ein kluges Ding und verschwinde von hier! Sonst kann ich nicht für deine Unversehrtheit bürgen."
Karin sah sich im Geiste wenige Millimeter von einem schroffen Abgrund entfernt stehen und wusste nur zu genau, dass ein Fall unausweichlich war, wenn sie nicht auf der Stelle verschwand. Doch wer war sie, dass sie den geliebten Papa einfach so aufgab? Das konnte sie nicht!
„Und was ist mit Papa?"
„Es ist, als könnten sie wirklich töten!", dachte Karin angesichts der blitzenden Augen, die aus der Mutters Gesicht emporloderten. Wieder geschah etwas viel zu schnell für die mittlere Tochter der Altmeyer Familie. Die Mama hatte sie am Kragen gepackt, ehe sie ausweichen konnte. Es kam ihr wie eine furchtbar lange Zeit vor, in der nichts gesagt, sondern nur gestarrt wurde. Als Tanja Altmeyer endlich losließ, nahm sie Karins Kinn unsanft zwischen Daumen und Zeigefinger, wobei ein krallenähnlicher Nagel unangenehm in die Haut stach. Karin war etwas kleiner als ihre Mutter, deshalb musste sie ihren Kopf recken, um in die Augen der anderen sehen zu können. Die ganze Pose war unglaublich unangenehm und demütigend. Karin konnte die Tränen erneut nicht zurückhalten. Das wiederum erfreute die Mama, die

dann die Tochter unsanft von sich stieß.

„Der Papa geht dich nichts an! Er gehört zu uns, im Gegensatz zu dir! Ich möchte dich hier nicht mehr sehen. Wehe, du sagst noch einen Ton! Dann blüht dir Schlimmeres als das hier!" Sie verpasste der Tochter eine schallende Ohrfeige, die brannte, als sei die Hand vorher in Lava eingetaucht gewesen.

Tanja Altmeyer drehte sich amüsiert um und ging davon, während Karin – geschockt – in Richtung Ortsausgang lief. Sie fühlte sich wie eine Schlafwandlerin, die ohne Zweifel in ihrem Bett erwachen müsste, wenn der Traum zu Ende war. Die Illusion hielt deshalb nicht, weil die schmerzende Wange an die böse Ohrfeige erinnerte, die sie von der Mama erhalten hatte. Es war die erste in ihrem Leben, die Altmeyers glaubten nicht an körperliche Züchtigung. Das Brennen erinnerte Karin an die veränderte Zeit und daran, dass der geliebte Papa in den Fängen der wildgewordenen Weiber des Ortes war und sie nicht über die Mittel verfügte, dem Umstand ein Ende zu setzen.

Einige Meter hinter dem Ortsschild kam eine kleine Parkbucht. Karin bog darin ein, setzte sich auf einen Stein, der am Rande eingelassen war, und begann hemmungslos zu weinen. Sie kam sich vor wie ein geprügelter Hund, an einer Autobahnraststätte ausgesetzt, ungeliebt und, was wirklich schlimm war, dass die komplette Welt niemanden barg, der ihr helfen wollte. Das mochte so nicht stimmen – das aber schon, dass sie nicht wusste, wohin sie fliehen sollte. Die wenige Verwandtschaft war weit zerstreut und nicht gut auf die Familie Altmeyer zu sprechen. Die einzige Freundin wohnte am Ort und war zudem verschwunden. Barmherzige Seelen gab es sicher schon noch, doch die tauchten auch nicht auf Knopfdruck auf. Karin fühlte sich, als stecke sie in einem Tunnel fest, irgendwo mittendrin. Das vielbesungene Licht am Ende oder gar den Anfang sah sie nicht. Nur unendliche Dunkelheit, die sie so fest umschlungen hielt wie ein Korsett, das ihr alles einschnürte.

Mitten hinein in ihr Klagen platzte Sabrina, die jüngere Schwester. Plötzlich stand sie da, wie von Zauberhand. Karin erschrak so sehr, dass sie vom Stein fiel, sehr zum Amüsement der Schwester. Ihr Lachen klang nach rostigen Blecheimern, die Häme nahm das ganze hübsche Gesicht ein. Das lange (tiefgrüne!) Haar schüttelte sich, als trüge sie Schlangen auf dem Kopf, die nach der eigenen Pfeife tanzten.

Als sie sich bückte und die Hand zum Aufstehen reichte, wich Karin automatisch zurück. „Die gehören doch nicht zu ihr!", dachte sie voller Abscheu. Anstelle der ordentlich langen und schlanken Finger, die Sabrina sorgsam pflegte und deren Nägel sie ordentlich lackierte, streckten sich Karin fünf Krallen entgegen, die nichts Menschliches mehr hatten.

Sabrina dauerte das Zögern zu lange. Sie packte die Schwester unter den Armen und hievte sie auf die Beine, als sei sie nichts weiter als eine Strohpuppe. „Die kann mich fertig machen!", dachte Karin, der der Schweiß auf der Stirn ausbrach.

„Du siehst aus, als hättest du ein Gespenst gesehen, Schwesterherz!" Sabrina quittierte die

Feststellung mit einem weiteren, nach rostigen Eimern klingenden Lachen.
Es dauerte nicht lange, dann wurden die Gesichtszüge ernst – und hart. „Schau zum Himmel, Schwesterchen. Noch ist er hell, die Sonne scheint halbwegs warm. Doch die Nacht, das weißt du so gut wie ich, kommt Minute für Minute unausweichlich angekrochen. Die Nacht ist im Gegensatz zum Tag dunkel. Die Dunkelheit, das wenige Licht, das dort herrscht, gefällt uns neuen Wesen besser als diese grelle Helligkeit. Sie gehört zu den Dingen, die wir nicht mögen. Genauso, wie wir dich nicht mehr mögen. Jetzt schau nicht so betroffen, das hast du doch längst schon gemerkt, Schwesterherz!"
Natürlich hatte Karin das gemerkt, doch so knallhart ausgesprochen, von der eigenen Schwester auch noch, wirkte die Tatsache gleich dreifach so schlimm. Karin schnürte es die Kehle zu und die Augen wurden feucht. Sie ärgerte sich einen Wolf deshalb.
Sabrina sah darüber hinweg. Weil „sie anscheinend doch so etwas wie Sorge um mich trägt", wie Karin erstaunt feststellte.
„Die Helligkeit ist dein Freund, die Dunkelheit dein Feind, Schwesterino! Merk dir das gut! Denn wenn die Dunkelheit herein bricht, werden wir dich jagen! Wie Wild. Ja, du wirst für uns wie Freiwild sein! Was geschieht, wenn wir dich fangen, kannst du dir selbst ausmalen. Also, husch, husch – mach, dass du wegkommst!"
Sie gab den Worten Nachdruck und nahm Karins Arme in ihre Finger, drehte sie auf den Rücken und stieß sie bis zum Ende der Parkbucht vor sich her, wo sie die Gliedmaßen endlich entließ.
„Sei klug und höre auf mich! Mach dich vom Acker, ehe … Du weißt schon!"
Das gesagt, machte Sabrina auf dem Absatz kehrt und ging schnellen Schrittes davon.

Karin ging eilend in die entgegengesetzte Richtung, die schmerzenden Arme ausschüttelnd, den Kopf gen Himmel gestreckt. „Die Dunkelheit ist dein Feind …" Die Worte hallten in ihrem Kopf wider und wider. Sie wirkten wie ein kräftiger Treibstoff, der sie forttrieb von der geliebten Heimat und dem geliebten Papa, der sich hilflos in den Fängen der wilden Weiber befand. Und sie schwor, ihn aus ihren Klauen zu befreien. Wie auch immer sie das anstellen mochte.

© 2015 Peter Albra Brenner
© 2019 revidierte Fassung Peter Albra Brenner

UND SO GEHT ES WEITER ...

Hexenweiber 2 – die Fortsetzung (Ende 2020 erhältlich)

„Eduard, nein!" Bernie Kugels Augen traten so grotesk weit aus den Höhlen, dass sie herauszufallen drohten. Eine Furcht hatte ihn und die anderen ergriffen, die so stark war, dass sie beinahe sichtbar im Raume stand.
„Man sollte meinen, wir lebten seit Jahren auf der Flucht!", dachte Eduard Banzhaff. Dabei waren die Wunden so frisch, dass das Blut immer noch hervorquoll. Im übertragenen Sinn, aber das machte keinen Unterschied.
Zwei Tage lebten sie jetzt wie Beutetiere, im höchsten Maß gefährdet, eingekreist von den neuen Herrschern des Planeten, die jederzeit zuschlagen konnten und sie nur deshalb ungeschoren ließen, weil es ihr Vergnügen erhöhte. Das glaubte Eduard Banzhaff zumindest und der Alfred Rossenegger war der Theorie gegenüber nicht abgeneigt.
In diesen achtundvierzig Stunden war eine starke Veränderung mit ihnen geschehen, hervorgerufen durch eine Angst, die alles beherrschte. Eine Angst, die von den Gerüchten geschürt wurde, die ihre scharfe Würze von den Phantasien erhielten, die von dem Hörensagen angestachelt wurden. Es war ein Teufelskreis, der sich ständig schneller drehte und die Männer in eine Abwärtsspirale drängte, deren Sog sie kaum entrinnen konnten.

Die „Hexenweiber" – Rossenegger war der erste, der diese Bezeichnung benutzt hatte – erschienen ihnen übermächtig, als könnte keine Macht der Welt sie aufhalten. Das war eine gefährliche Annahme, weil sie jegliche Gegenwehr im Keim zu ersticken drohte. Was stünde dann anderes am Ende, als die bedingungslose Aufgabe und ein Leben unter unwürdigen Bedingungen, ein Dasein als Sklave der Herrscherinnen und damit die Auflösung des eigentlichen Seins?
Dazu durfte es nicht kommen und deshalb brauchten sie ihre Sinne und den Verstand und vielleicht auch ein bisschen Abstand zu dem Geschehenen, allem voran der erniedrigenden Erfahrung der Vertreibung aus dem Allerheiligsten, dem Stier.
„Und eine Verbündete aus dem Lager der Mächtigen kann auch nicht schaden", dachte Banzhaff. Auch wenn diese nur das Geschlecht mit den Herrschenden teilte.
Er hatte Verständnis für die Angst seiner Freunde. Aber er spürte auch sehr deutlich, dass dieses Mädchen anders war.

Vereinsamt streunte sie durch den Wald, der die Brüder für's Erste verbarg. Sie gehörte nicht dazu, warum auch immer. Sie war die erste Ausgestoßene, der sie begegneten, und ganz sicher nicht die einzige; Banzhaff hielt es für sehr wahrscheinlich, dass sie auch gefährdet war. Es war seine – ihre – Pflicht, sich um sie zu kümmern. Eine geradezu heilige Pflicht. Er öffnete die Tür und stieg aus.

„Sie wird uns verraten und dann sind wir im Arsch!" Eduard Banzhaff wandte sich dem Sprecher zu, überrascht von dessen Wortwahl. Diedrich Wollewein benutzte nie harsche Worte, das war in ihm überhaupt nicht angelegt. Deftige Sprache war den Brüdern des Stammtisches vorbehalten und vielen anderen, ein Diedrich Wollewein achtete normalerweise darauf, wie er etwas sagte. Das Wort „Arsch" hatte er wahrscheinlich zum ersten Mal in seinem Leben in den Mund genommen.

„Da sieht man mal, wie sehr uns die zwei Tage bereits verändert haben", sagte Banzhaff und erntete verständnislose Blicke. Die Kameraden hatten seine Gedankengänge nicht gehört, weshalb sie die Äußerung verwirrte und er dachte nicht daran, sie aufzuklären.

Das Mädchen ging langsam, wie in Trance, dennoch war sie in der kurzen Zeit des Disputs zwischen zwei Büschen verschwunden und deshalb beeilte sich Banzhaff, ihr hinterher zu kommen.

Er hörte noch den Rossenegger, wie der die anderen scharf zurechtwies und ihnen unter Strafandrohung verbot, das Auto wegzufahren. Das Wort „Kameradenschweine" war das letzte, das er hörte, ehe ihn das Unterholz verschlang.

Jetzt herrschte eine unnatürliche Stille um ihn, als beherberge der Wald keinerlei Leben. Er wusste, dass es ein Trugschluss war und das dieser seinen angespannten Nerven geschuldet war.

Kurz dachte er darüber nach, wie er noch kurze Zeit zuvor unbeschwert durch den Wald gegangen war, auch des Nachts. Jetzt lauschte er nach verräterischen Geräuschen und eigentlich mied er das Unterholz genauso wie alles, das unliebsamen Gestalten Sichtschutz bot. Er hatte keine Ahnung, wie Dick oder Manfred ums Leben kamen, aber er glaubte verstanden zu haben, dass sie überrascht wurden und deshalb keine Möglichkeit zur Verteidigung gehabt hatten.

Wobei er sich immer noch fragte, was Dick geritten hatte, zum Waldbad zu gehen. Allein. Gerda Stiehl hatte nichts mit seinem Ableben zu tun, glaubte er. Sie war ja selbst Opfer geworden. Sie hatte ihn sicherlich nicht dorthin gelockt, aber wer oder was dann, blieb für alle Zeiten ein Rätsel.

Er ließ seine Gedanken wandern, zu jener Nacht im Waldbad, mit Barbara Schöll und dem Wirt, dem …

Äste knackten halbrechts vor ihm. Worte flogen durch das Blätterwerk. Sie ergaben keinen Sinn und verwirrten außerdem, weil nicht auszumachen war, ob das Mädchen noch alleine war oder schon in Gesellschaft. Was unter keinen Umständen Gutes bedeutete.

Banzhaff erstarrte und fragte sich jetzt, weshalb er unbewaffnet gegangen war, ob er denn wirklich nichts dazu gelernt hätte und in seiner Naivität geradezu erstarrt sei. „Als hätten uns die wildgewordenen Weiber nicht längst Mores gelehrt!" Er schüttelte über sich selbst den Kopf.

Aber gut, er würde sich zu wehren wissen. Diese verwandelten Frauen verfügten über unnatürliche Kräfte, so schien es, aber kampflos bekamen sie ihn nicht! Er hatte den Überraschungsmoment auf seiner Seite, wenn er den richtig ausnutzte, würde er ihm viel bringen. Banzhaff bewegte sich vorsichtig und versuchte trotz des trockenen Laubes kein Geräusch zu machen. Das war schwer, aber es gelang. Er kam den Stimmen näher, ohne ein Bild zu erhalten. „Mitten im Gebüsch halten die sich auf, ist das denn zu fassen!", dachte er ungläubig. Aber sie bemerkten ihn nicht, jedenfalls hatte er den Eindruck und das erfüllte ihn mit Zuversicht. Noch wenige Zentimeter, ja, jetzt erkannte er etwas. Es war wesentlich kleiner als er, und das verwirrte ihn, aber dann erkannte er eine kauernde Person, die dem Anschein nach alleine war.

„Du lauerst jemandem auf; nun gut. Jetzt bloß nichts falsch machen!", dachte er. „Eins, zwei, drei …"

Im Fahrzeug zuckten mehrere Personen zusammen. Ein Geschrei erfüllte die Luft, als würden sich die wildgewordenen Weiber aus dem Stier auf sie stürzen. Für Sekunden schauten sie sich gegenseitig an, kalkweiß geworden, der Angstschweiß in dicken Tropfen auf der Haut.

„Sie haben ihn!", verkündete der Wirt tonlos, als fürchte er, dass sie selbst ein Flüstern dahingeben würde.

„Sie haben ihn."

Selbst der Rossenegger war jetzt ratlos.

„Wie ich bereits sagte", flüsterte Diedrich Wollewein, „jetzt sind wir im Arsch!"

© 2019 Peter Albra Brenner

Der Autor

Es ist so eine Sache, wenn man mit einem Allerweltsnamen ausgestattet ist. Da empfiehlt sich ein Zusatz, am Besten einer, der etwas aus der Biographie des Autors widerspiegelt.
In meinem Fall ist das der mittlere Teil des Autorennamens, „Albra". Der verrät, dass ich kein einheimischer Niederrheiner bin, sondern ursprünglich von höheren Gefilden, namentlich der Schwäbischen Alb, stamme. Im Schwäbischen bedeutet „Albra", von der Alb herunter, oder herab, was besser gefällt.
Gefallen finde ich an beidem, dem Hochplateau, auf dem ich viele Jahre lebte, von Geburt an bis das Leben mich woanders hingespült hat, und den Niederungen des Rheines, wo das Leben nicht minder lebenswert ist.

Dies verdanke ich auch meiner Familie und der Katze, ohne die das Leben um einiges langweiliger wäre. Dank ist das richtige Stichwort – ich bedanke mich bei Petra Walbeck-Gormans, die das Layout und die Covergestaltung übernommen hat. Ein weiterer Dank geht an Sie, werter Leser, der Sie das Buch erstanden haben. Viel Vergnügen wünsche ich damit.

Sollte ich Ihr Interesse an weiterem Material geweckt haben, so empfehle ich Ihnen meine Homepage:

peteralbrabrenner.jimdo.com

Weitere Bücher:
Alois und der Lektorenmord
Skandal in Merbeck